AF185220

Tucholsky Wagner Zola Scott Sydow Freud Schlegel
Turgenev Wallace Fonatne
Twain Walther von der Vogelweide Fouqué Friedrich II. von Preußen
Weber Freiligrath Frey
Fechner Fichte Weiße Rose von Fallersleben Kant Ernst Frommel
Hölderlin Richthofen
Engels Fielding Eichendorff Tacitus Dumas
Fehrs Faber Flaubert
Maximilian I. von Habsburg Fock Eliasberg Zweig Ebner Eschenbach
Feuerbach Ewald Eliot Vergil
Goethe Balzac Shakespeare Elisabeth von Österreich London
Mendelssohn Lichtenberg Rathenau Dostojewski Ganghofer
Trackl Stevenson Hambruch Doyle Gjellerup
Mommsen Tolstoi Lenz Droste-Hülshoff
Thoma von Arnim Hanrieder
Dach Verne Hägele Hauff Humboldt
Karrillon Reuter Rousseau Hagen Hauptmann Gautier
Garschin Defoe Baudelaire
Damaschke Descartes Hebbel
Wolfram von Eschenbach Dickens Schopenhauer Hegel Kussmaul Herder
Bronner Darwin Melville Grimm Jerome Rilke George
Campe Horváth Aristoteles Bebel Proust
Bismarck Vigny Barlach Voltaire Federer Herodot
Gengenbach Heine
Storm Casanova Tersteegen Grillparzer Georgy
Chamberlain Lessing Langbein Gilm Gryphius
Brentano Lafontaine
Strachwitz Claudius Schiller Kralik Iffland Sokrates
Katharina II. von Rußland Bellamy Schilling
Gerstäcker Raabe Gibbon Tschechow
Löns Hesse Hoffmann Gogol Wilde Vulpius
Luther Heym Hofmannsthal Gleim
Roth Heyse Klopstock Klee Hölty Morgenstern Goedicke
Luxemburg Puschkin Homer Kleist
La Roche Horaz Mörike Musil
Machiavelli Kraft Kraus
Navarra Aurel Musset Kierkegaard Kind
Nestroy Marie de France Lamprecht Kirchhoff Hugo Moltke
Nietzsche Nansen Laotse Ipsen Liebknecht
Marx Lassalle Gorki Ringelnatz
von Ossietzky May Klett Leibniz
vom Stein Lawrence Irving
Petalozzi Knigge
Platon Pückler Michelangelo Kock Kafka
Sachs Poe Liebermann Korolenko
de Sade Praetorius Mistral Zetkin

Der Verlag tradition aus Hamburg veröffentlicht in der Reihe **TREDITION CLASSICS** Werke aus mehr als zwei Jahrtausenden. Diese waren zu einem Großteil vergriffen oder nur noch antiquarisch erhältlich.

Symbolfigur für **TREDITION CLASSICS** ist Johannes Gutenberg (1400 — 1468), der Erfinder des Buchdrucks mit Metalllettern und der Druckerpresse.

Mit der Buchreihe **TREDITION CLASSICS** verfolgt tradition das Ziel, tausende Klassiker der Weltliteratur verschiedener Sprachen wieder als gedruckte Bücher aufzulegen – und das weltweit!

Die Buchreihe dient zur Bewahrung der Literatur und Förderung der Kultur. Sie trägt so dazu bei, dass viele tausend Werke nicht in Vergessenheit geraten.

Friedrich II. König von Preußen

Leopold von Ranke

Impressum

Autor: Leopold von Ranke
Umschlagkonzept: toepferschumann, Berlin

Verlag: tredition GmbH, Hamburg
ISBN: 978-3-8424-1239-2
Printed in Germany

Text der Originalausgabe

Leopold von Ranke

Friedrich II. König von Preußen

1878

Friedrich II., König von Preußen, ist am 24. Januar 1712 im Schlosse zu Berlin geboren worden. Seine Geburt wurde von seinem Großvater Friedrich I., welcher sich hauptsächlich darin glücklich fühlte, daß er dem Hause Brandenburg die königliche Würde verschafft hatte, mit Freude begrüßt, weil ihm in dem Sohne seines einzigen Sohnes ein fernerer Erbe der neuen Krone geboren war. Nur in der Familie aber ward dies eigentlich beachtet; denn die Krone war noch schwach und nach allen Seiten hin abhängig. – Als Friedrich II. am 17. August 1786 in Sanssouci starb, hatten Europa und Amerika ihre Augen auf diesen Platz geheftet; ein Staat war geschaffen, welcher der königlichen Würde allgemeine Bedeutung gab. Friedrich II. hatte sich einen Ruhm erworben, der die Welt erfüllte. Manchem Fürsten ist der Name des Großen nur bei seinen Lebzeiten beigelegt, dann aber wieder weggelassen worden; Friedrich II. hat denselben bei der Nachwelt behauptet.

Niemand wird in dem Artikel einer allgemeinen deutschen Biographie[1] sich über die einzelnen Ereignisse eines Regentenlebens, wie dieses war, unterrichten zu können erwarten; auch der, der einen solchen zu schreiben unternimmt, würde nicht daran denken können, die Wißbegier in dieser Ausdehnung zu befriedigen; es kann nur darauf ankommen, eine Gesamtanschauung der politischen Handlungen Friedrichs und seiner kriegerischen Taten zu gewinnen und der Nation vorzulegen.

---

[1] Der Aufsatz ist zuerst in der Allgemeinen Deutschen Biographie, Band VII erschienen. – Ranke hat In seinem Werk »Zwölf Bücher preußischer Geschichte« Friedrich den Großen und seine Zeit im 7.-12. Buch ausführlich behandelt. Auf diese Darstellung sei hier besonders hingewiesen.

Friedrichs Jugend

Friedrich II. hat in seiner Jugend sehnlich gewünscht, sich mit einer englischen Prinzessin zu vermählen, andere dachten ihm die Erbtochter von Österreich, noch andere die Thronfolgerin von Rußland zu. Aber Friedrichs Bestimmung war es, in der Mitte dieser Potenzen, im Kampfe besonders mit den beiden Kaiserinnen von Rußland und von Österreich eine selbständige Macht zu gründen.

Die Mittel dazu lieferte ihm sein strenger Vater, Friedrich Wilhelm I., der die preußische Armee zwar nicht von Grund aus geschaffen, aber doch in der ihr dann gebliebenen Form eingerichtet und durch den Staatshaushalt, den er einführte, aufrechtzuerhalten verstanden hat.[2]

Friedrich Wilhelm I. sagt in seinem, schon 18 Jahre vor seinem Tode abgefaßten politischen Testamente, sein Großvater habe das Haus Brandenburg in Aufnahme gebracht, sein Vater demselben die königliche Würde verschafft, er selbst Armee und Land instand gesetzt, an seinem Sohne sei es nun, zu behaupten, was seine Vorfahren erworben, und dasjenige herbeizuschaffen, was ihm von Gott und Rechtswegen gehöre. Für diesen Beruf dachte er den Sohn zu erziehen; er hielt ihn vor allen Dingen von Kindheit auf zu militärischen Übungen an, denn einen Offizier wollte er aus ihm bilden, wie seine besten Offiziere waren, und einen solchen, der einmal die Armee ins Feld führen könne. So sollte er auch in geistigen und geistlichen Dingen sich als Nachkomme und Fortsetzer erweisen: bibelgläubig zwar nach der kalvinistischen Auffassung, aber doch in einem der wichtigsten Dogmen nach lutherischer Form; so sollte

---

[2] In den Aufzeichnungen »Zur eigenen Lebensgeschichte« vom Nov. 1885 berichtet Ranke: »Mich belebte noch ein andrer Gesichtspunkt, der schon angedeutete, die Erhebung des Kurfürstentums Brandenburg zu einer europäischen Macht begreifen zu lernen. Dazu war aber erst der Mann zu schildern, der die militärischen Kräfte gesammelt und den Staat geordnet hatte. Ich wandte mich zu dem Studium der Geschichte Friedrich Wilhelms I. Der erste Band meiner Neun Bücher Preußischer Geschichte ist diesem administrativen Schöpfer und Ordner des Staates gewidmet. Er war übel berufen in der preußischen Geschichte; es machte große« Aufsehen, daß ich ihn von einer würdigen und bewundernswerten Seite zeigte.« (Sämtliche Werke Bd. 53/54 S. 73f.)

er sich auch an den kaiserlichen Hof halten, von dem das nächste Anrecht des Hauses, der Erbanspruch an Berg, soeben garantiert worden war. Indes der Sohn, in vielem folgsam und gelehrig, entwickelte doch in der Tiefe eine andere Gesinnung; er war mit vollem Eifer Soldat, aber er hielt es nicht für seine ausschließliche Bestimmung, das zu sein; er suchte sich selbst zu unterrichten und auszubilden, hauptsächlich durch Lektüre französischer Bücher, poetischer namentlich, in deren Nachahmung er sich bereits versuchte. Die Phantasien der Jugend zogen ihn mehr nach St. James, als nach der Hofburg in Wien, zwei politischen Mittelpunkten, die eben in den heftigsten Gegensatz gerieten. Während der König zu Österreich, dem Kaiser hielt, war sein Sohn, wie der Hof überhaupt, mehr eingenommen für England, wie denn seine Mutter Sophia Dorothea eine hannoverisch-englische Prinzessin war. Diese Differenz aber zwischen dem aufbrausenden, unnachsichtigen Vater, der seine Familie und sein Land ganz nach seinem Sinne zu lenken wünschte, und dem Prinzen, der seinem eigenen Genius folgte und abweichende Gesichtspunkte ins Auge faßte, brachte eine Krisis hervor, welche einen funesten Ausgang zu nehmen drohte. Ungeduldig über den Druck, der ihm auferlegt wurde, und zugleich in seinem Ehrgefühl beleidigt, faßte der Sohn den Entschluß, den Vater zu verlassen. Es war auf einer Reise, welche König Friedrich Wilhelm I., eigentlich im Interesse des Kaisers, nach Oberdeutschland unternahm, im Juli 1730, daß der Prinz sich Pferde verschaffte, um aus dem Nachtlager, das in dem Dorfe Steinfurt bei Mannheim genommen wurde, davonzureiten, noch ehe der Vater aufbrach. Allein er war viel zu gut überwacht, als daß er das hätte ausführen können; das Vorhaben aber wurde ruchbar, weil der Page, der die Pferde herbeigeführt, Reue fühlte und dem Könige kurz darauf alles entdeckte. Friedrich Wilhelm I., der darin eine Handlung politischer Widersetzlichkeit und zugleich ein Verbrechen gegen die militärische Disziplin erblickte, geriet in die heftigste Aufwallung und ließ seinen eigenen Sohn vor ein Kriegsgericht stellen. Soweit ist es nicht gekommen, was man oft gesagt hat: der König habe seinen Sohn hinrichten lassen wollen und sei nur durch die Dazwischenkunft des Kaisers und anderer befreundeter Fürsten davon abgehalten worden.

Das Kriegsgericht fand in der Handlung nicht einmal eine Desertion, da das Vorhaben nicht zur Ausführung gekommen war; in die Streitigkeiten zwischen Vater und Sohn sich einzulassen, vermied es, weil das den Mitgliedern als Untertanen nicht zukommen würde; es findet sich nicht, daß der König etwas dagegen eingewendet hätte, und Friedrich war viel zu besonnen, als daß er ein Wort sich hätte entschlüpfen lassen, was auf die politischen Verhältnisse Bezug gehabt hätte. Ganz anders aber sah der König das Verhalten eines früheren Vertrauten des Kronprinzen, Katte, an, welcher um das Vorhaben wußte und für das Gelingen desselben außerordentliche Vorbereitungen getroffen hatte; er gab ihm das Verbrechen der beleidigten Majestät schuld und ließ sich nicht abhalten, ihn dafür zum Tode zu verurteilen. Welch eine Strafe für den Prinzen, daß er gezwungen wurde, aus dem Fenster seines Gefängnisses in Küstrin die Vorbereitungen zur Hinrichtung seines Freundes anzusehen; er fiel in Ohnmacht, ehe sie vollzogen wurde. Aber er selbst fürchtete seinen Tod.

Er sah sich wegen einer geringen Schuld mit dem schwersten Verluste heimgesucht, mit der äußersten Gefahr bedroht; wenn etwas hätte erdacht werden sollen, um einem jungen Menschen den Ernst des Lebens zum Bewußtsein zu bringen, so hätte sich nichts Geeigneteres auffinden lassen. Die Disziplin des Schreckens stählte die Seele Friedrichs, die dadurch doch nicht unterjocht wurde. Er war genötigt, dem Willen des Vaters in jeder Beziehung nachzuleben und sich die Aussöhnung mit demselben zu verdienen. Er nahm eine Gemahlin nicht nach seiner Wahl, sondern der des Vaters. Zusammenleben konnten Vater und Sohn seitdem nicht weiter. Der Prinz kommandierte fortan sein Regiment in Ruppin; den militärischen Pflichten kam er mit pünktlichem Gehorsam nach; er machte im Jahre 1734 den kurzen Feldzug der Kaiserlichen unter dem Prinzen Eugen, an dem die Preußen teilnahmen, mit; er gab bei kleinen zufälligen Ereignissen viel persönliche Unerschrockenheit kund. Die Hauptsache war, daß er den berühmten Kriegführer kennenlernte. Dann aber zog er sich auf seinen Landsitz Rheinsberg zurück, um sich mit seiner Musik und seinen Büchern zu beschäftigen; mit den Studien der früheren Jahre machte er nun ernst; sie erhoben ihn über den geistigen Horizont seines Vaters. Er bewegte sich nicht mehr in den erwähnten konfessionellen Streitfragen, sondern in den noch umfassenderen, zwischen Deismus und dem positiven Christentum; die aufkommenden philosophischen Doktrinen ergriff er mit empfänglichem Verständnis; nachdem er sich eine Zeitlang mit dem Wolffschen System befreundet hatte, ging er zum Ideenkreis Lockes über.

Indem aber löste sich das gute Verhältnis zwischen dem kaiserlichen Hofe und Friedrich Wilhelm I. auf; es beruhte einzig darauf, daß dem König auf die Sukzession von Berg sichere Zusagen gegeben worden waren; in den späteren politischen Verwicklungen aber fand es der kaiserliche Hof untunlich, dieselben zu erfüllen. Friedrich Wilhelm I. geriet, als er sich enttäuscht sah, in Entrüstung, so daß er nun in der wenngleich eigenartigen Ausbildung des Sohnes selbst eine Art von Trost erblickte; er hat wohl gesagt: der würde ihn rächen.

Noch unmittelbar vor seinem Tode hat der Vater den Sohn in das Geheimnis der politischen Lage eingeweiht; er gab ihm dabei, wenn er dessen noch bedurfte, die Anweisung, »vollkommen auf eigenen Füßen zu stehen«.

Thronbesteigung

So gelangte Friedrich zur Regierung, 31. Mai 1740. Davon aber, daß Preußen Ursache habe, sich an Österreich zu rächen, sind seine ersten Beschlußnahmen nicht ausgegangen. Vorlängst hatte sich Friedrich die politische Lage des Landes, das ihm zufiel, überlegt; er hatte die Meinung, daß es so nicht bleiben könne, wie es war, daß er im Osten Westpreußen, das noch polnisch war, und im Westen das Gesamtgebiet von Jülich und Berg erwerben müsse, wenn sein Staat zu einer wirklichen Bedeutung gelangen solle; auch waren die ersten Handlungen seiner Regierung nach den westlichen Regionen gerichtet, wo er nur zeigen wollte, daß er ein kräftigeres Regiment nach außen hin führen werde, als sein Vater. Die Richtung gegen Osterreich entsprang in ihm in dem Augenblicke, als Kaiser Karl VI. starb.

Durch diesen Todesfall veränderte sich die Gesamtlage. Das große Haus, welches Spanien und Indien, Italien und die Niederlande beherrscht und unter dem sich eine neue österreichische Macht in Deutschland, Ungarn und Böhmen gebildet hatte, ging nun in seinem Mannesstamme vollkommen zu Ende. Der Abgang der älteren, der spanischen Linie hatte einen europäischen Krieg veranlaßt; wie durfte man erwarten, daß der Abgang der zweiten ohne große Erschütterungen vor sich gehen würde! Zwar hatte der Wiener Hof alles getan, um die Nachfolge in den Erblanden für die Erbtochter Karls VI., Maria Theresia, zu sichern; allein das lief doch dem in den deutschen Landen seit alten Zeiten üblichen Erbfolgerecht entgegen. Ein großes deutsches Halls, das bayrische, machte Ansprüche, die ihm gerade für diesen Fall, so behauptete es, zugesichert worden seien. Es ließ sich nicht denken, daß Frankreich den Gemahl Maria Theresias, der aus dem Hause Lothringen stammte, zur kaiserlichen Krone gelangen lassen sollte: denn dadurch würden die Ansprüche dieses Hauses wieder erneuert worden sein; ein Kaiser aus demselben, der zu wirklicher Macht gelangt wäre, würden den Franzosen den Besitz von, Lothringen auf das ernstlichste streitig gemacht haben. Und ohne Zweifel hätte England, in neuen Zerwürfnissen mit den bourbonischen Mächten begriffen, in einem solchen Kampfe für Österreich Partei genommen; der Krieg der alten großen Allianz gegen Frankreich mußte sich alsdann erneuern. Und durfte man nicht erwarten, daß auch Preußen, wie in dem letzten Feldzug, die Partei von Österreich ergreifen würde? Hatte es doch die pragmatische Sanktion, welche der Erbtochter die Nachfolge versichern sollte, förmlich angenommen. Der junge König war nicht dieser Meinung; denn Österreich selbst hatte die Verbindlichkeiten gebrochen, an welche die Versicherung der Nachfolge Maria Theresias geknüpft war. Nicht eigentlich Haß war dadurch in dem Hause Brandenburg entstanden, aber es fühlte sich von den Verpflichtungen frei, die es eingegangen hatte, und Friedrich faßte nun bei dem Schwanken aller großen Verhältnisse sein eigenes Interesse ins Auge.

Von alter Zeit her hatte Brandenburg Erbansprüche an drei schlesische Herzogtümer, die von der Krone Böhmen, zu welcher Schlesien gehörte, anerkannt worden waren, noch ehe Böhmen an das Haus Österreich gelangte; die Kaiser-Könige von Böhmen hatten dieselben für ungültig erklärt, Brandenburg immer daran festgehalten; nach dem Abgange der Habsburger glaubte der junge König darauf zurückkommen zu können. Und noch ein anderer Hader entzweite die Häuser: in den Zeiten der allgemeinen politisch-religiösen Bewegungen, die dem Dreißigjährigen Kriege vorangegangen waren, hatte Brandenburg durch die Erwerbung des Fürstentums Jägerndorf eine sehr bedeutende Stellung für Schlesien und selbst für Böhmen erworben, aber die großen Entscheidungen des Krieges zugunsten des Katholizismus hatten Brandenburg nicht allein dieser Stellung, sondern auch jenes Territoriums beraubt. Österreich hat das brandenburgische Anrecht nie geleugnet; es war der Anspruch, für welchen der große Kurfürst durch Überlassung des Kreises Schwiebus hatte entschädigt werden sollen; da aber dies Gebiet später hatte zurückgegeben werden müssen, so hielt man dafür, daß das alte Recht wieder zur Geltung gelangt sei. Und keineswegs waren diese Ansprüche bei dem Hause Brandenburg seitdem in Vergessenheit geraten; schon Kurfürst Friedrich Wilhelm hat an eine Invasion in Schlesien gedacht. Man darf nicht bezweifeln, daß der Entwurf dazu, der zu den geheimsten Papieren gehörte, die von Fürst auf Fürst übergingen, dem neu eintretenden König bekannt geworden ist. Vergegenwärtigen wir uns einen jungen Fürsten, voll von Geist und Ehrgeiz, in den Besitz von Rechten gelangt, die seine Vorfahren niemals hatten durchführen können, aber auch in den Besitz der Macht, dieselben durchzuführen. Lag es nicht in der Natur der Sache, daß er den Entschluß faßte, sie zur Geltung zu bringen? Er machte der Tochter des Kaisers ihre Erbfolge nicht streitig, aber er meinte, daß die schlesischen Fürstentümer gar nicht das wahre Eigentum ihres Vaters gewesen seien; er vindizierte seinem Hause ein unverjährbares Recht an dieselben, für dessen Ausführung nun die Zeit gekommen sei. Noch in Rheinsberg ist er darüber mit dem Feldmarschall Schwerin und dem Minister Podewils zu Rate gegangen, jedoch nicht sowohl über die Sache selbst, über die sein Entschluß vom ersten Augenblicke an feststand, als über die Mittel, sie ins Werk zu setzen. Da boten sich nun zwei sehr verschiedene Möglichkeiten dar.

Maria Theresia konnte durch die Gefahr, in der sie sich befand, und das Bedürfnis einer starken Hilfe, wenn Friedrich ihr eine solche anbot, sich bewegen fühlen, seinen schlesischen Ansprüchen gerecht zu werden. Friedrich II. und seine Ratgeber meinten jedoch, dies nicht etwa abwarten zu müssen, denn mit Unterhandlungen würde nichts zu erreichen sein; sie zogen es vor, die Fürstentümer, auf welche der König rechtlichen Anspruch habe, in Besitz zu nehmen; würde dann der Hof zu Wien darin eine Feindseligkeit sehen, so bleibe der ganz entgegengesetzte Weg immer noch offen, sich mit dessen Feinden zu verbinden; dann werde Preußen den Anspruch, den es eigenmächtig geltend mache, auch durch offene Gewalt behaupten.

Erster Schlesischer Krieg

Es ist ein Irrtum, wenn man angenommen hat, daß Friedrich II. im voraus mit Frankreich einverstanden gewesen sei; mit voller Wahrheit konnte er den Truppen, die er zu der Unternehmung in Krossen vereinigte, sagen, er habe keine anderen Verbündeten als sie. Am 16. Dezember 1740 überschritten die preußischen Truppen die Grenze und fanden in Schlesien Verbündete, die der König nicht erwartet hatte. Man möchte fast sagen, der Dreißigjährige Krieg ging dort noch immer fort: denn die Restauration des Katholizismus, die in jener Epoche in Böhmen durchdrang und dann auch in Schlesien unternommen wurde, war doch hier auf mannigfaltigen Widerstand gestoßen; sie war von Karl XII. bei seinem Vordringen nach Sachsen inhibiert worden, allein bei dem Beginn der neuen Regierung schien sie wieder in Angriff genommen zu werden; sie glaubte, an jene schwedische Konvention nicht mehr gebunden zu sein. Das Vorrücken österreichischer Truppen, denen man die Absicht gewaltsamer Konversion zuschrieb, erweckte ängstliche Besorgnisse, als das preußische Kriegsheer eindrang. Die Truppen der Königin und Landesfürstin wurden als Feinde, die des Königs, der Schlesien erobern wollte, als Freunde und Erretter betrachtet; in der Landeshauptstadt Breslau wirkte noch ein anderes Motiv, das der städtischen Gerechtsame, mit dem religiösen zusammen. Auch in Breslau wurde der König bei seiner Ankunft willkommen geheißen. Er hatte binnen wenigen Wochen Schlesien so gut wie erobert; Schwerin okkupierte die Grenzplätze am Gebirge. Nie wurde eine gewaltsame Besitzergreifung friedlicher vollzogen.

Nachdem die Preußen Glogau eingenommen hatten, hat man in der Umgegend ihren Sieg mit evangelischen Dankfesten gefeiert. Der evangelische Teil der Bevölkerung schloß sich an und gelangte zu den Rechten, die ihm entzogen oder doch verkümmert worden waren. Den Katholischen wurde Toleranz verheißen; denn die Besitznahme war nicht darauf berechnet, den alten religiösen Streit wieder zu erneuern. Friedrich II. wollte das ganze Gebiet, wie es vor ihm lag, unterworfen halten. Die Toleranz, die seiner Gesinnung entsprach, war hier zugleich von der Politik geboten. Nur soviel ist klar, daß das katholische Element das Übergewicht verlor, das es seit dem Dreißigjährigen Kriege in dieser Provinz behalten hatte.

Die Idee des Staates, der doch ein protestantischer war, forderte die Gleichberechtigung der Bekenntnisse.

Eigentlich war das Ziel schon erreicht, ehe noch der wahre Kampf begann. Eine Zeitlang hoffte Friedrich II., seine Erwerbung, wenn nicht vollständig, doch in großem Umfang mit der Einwilligung des Wiener Hofes zu behaupten. Auch wären die alten Minister, welche in der Erinnerung an die große Allianz lebten, nicht abgeneigt gewesen, auf die Anträge des Königs von Preußen einzugehen. Ihr jüngster Kollege jedoch, Bartenstein, widerstrebte ihren Ansichten; er rechnete darauf, daß Frankreich für Österreich sein werde, so daß es der Allianz mit England nicht bedürfen würde. Und dem nun schloß sich die junge Königin an; sie war von Natur mit allen Gaben einer Regentin ausgerüstet, sie vereinigte die Tugenden einer Hausfrau und Mutter mit der Entschlossenheit einer großen Fürstin; sie war fähig, die Deliberationen ihrer Minister zu leiten, nicht jedoch, ohne daß sie bei ihren Entscheidungen persönlichen Impulsen Raum gegeben hätte. Sie scheute nicht vor extremen Entschlüssen zurück; von dem Selbstgefühl ihrer Stellung nahm sie die Norm ihrer Handlungen. Ihr Erbrecht hielt sie für erhaben über allen Zweifel, jeden Angriff auf dasselbe zugleich für ein moralisches Verbrechen. In ihr wallte welfisches und habsburgisches Blut. Das Kaisertum, das sie für ihren Gemahl zu erwerben hoffte, nahm sie gleichsam zum voraus in Besitz. Die stolze Haltung ihres Hauses, das sich für das erste aller regierenden Häuser hielt, repräsentierte sich in ihr, noch verstärkt durch ihre Vermählung mit einem Fürsten aus dem Hause Lothringen, das seine Herkunft von Karl dem Großen ableitete. So traten einander der junge König von Preußen und die junge Königin von Ungarn und Böhmen in entgegengesetzten Stellungen gegenüber; beide in der Blüte ihrer Jahre, der König von seinen Ansprüchen, die Königin von ihren Rechten durchdrungen; der König seinem Bekenntnis nach Protestant, und seiner Überzeugung nach Deist, mit der Bewegung der Geister nach unbekannten Zielen hin einverstanden; die Königin, katholisch gläubig den ererbten Ideen des österreichischen Hauses gemäß und entschlossen, die Einheit der Religion in ihren Landen mit aller Macht aufrechtzuerhalten, so daß sie doch auf den Spuren Ferdinands II. einherging, während sich Friedrich II. von den Spuren seiner streng protestantischen Ahnherrn entfernte. In diesem Augenblick stand

Friedrich II. mit siegreichen Waffen bereits in Oberschlesien. Der russische General Münnich hat ihm wohl einen Vorwurf daraus gemacht, daß er nicht sogleich bis nach Wien vorgedrungen sei und dem ganzen Streit auf einmal ein Ende gemacht habe; diese Art von Ehrgeiz aber lag nicht in Friedrich II. Er wollte nur eben den Anspruch durchführen, den er von seinen Altvordern überkommen hatte, wobei er denn auch der von dem Hause Österreich aus dem Lande, das ihm nicht gehört habe, unrechtmäßig bezogenen Einkünfte gedachte, und so mächtig genug werden, um eine unbedingte Selbständigkeit zu behaupten; Österreich zu stürzen, war er nicht gesonnen. Aber ein beschränkter Anspruch ist zuweilen noch schwerer durchzuführen, als ein unbeschränkter. Friedrich II. hatte den schwersten Kampf zu bestehen.

Die erste Armee, welche Österreich ins Feld brachte, um ihn aus dem ergriffenen Besitz wieder zu vertreiben, wurde dem König Friedrich II. doch sehr gefährlich. Die geschickte Strategie des Generals Neipperg brachte die preußischen Stellungen in Unordnung, so daß diese mit der Stirne gegen Berlin gewandt vorrücken mußten, und unbezweifelt war die Überlegenheit der nationalen Reiterscharen, die Neipperg ins Feld führte. Bei Mollwitz am 10. April 1741, wo die Heere zusammenstießen, war der Vorteil eine Zeitlang auf österreichischer Seite, so daß der König von seinen Generalen genötigt wurde, sich aus dem Getümmel des Schlachtfeldes zu entfernen, um seine Person, an der alles liege, zu retten. Aber die eigentliche Waffe der Preußen war die Infanterie, wie sie in der Schule des alten Dessauers eingeübt worden war. Vor ihrem Kleingewehrfeuer prallte der Angriff der Österreicher zurück; das vordringende mörderische Rollen desselben trieb sie dann in die Flucht.

Seitdem waren die Preußen Meister des Schlachtfeldes. Es war der Kampf eines in seiner Bildung begriffenen neuen Militärwesens, man möchte sagen, der militärischen Kultur, mit dem herkömmlichen der österreichischen Armee, welches den Sieg davontrug und die Besitznahme von Schlesien bestätigte. Der König war hierauf in seinem Feldlager unablässig beschäftigt, von seinem Zelt aus seine Armee fortzubilden, Herr und Meister bis in das geringste Detail des Dienstes, vor allem beflissen, sich eine Reiterei zu schaffen, was für den weiteren Kampf unerläßlich war. Notwendig gewann aber dieser Kampf bei seiner Fortsetzung eine unmittelbare Beziehung zu den andern, nunmehr in offenen Streit geratenen Weltmächten. Maria Theresia hatte sich eine Zeitlang dadurch, daß die Haltung von Frankreich sehr zweideutig wurde, nicht irremachen lassen, auf die Fortdauer eines guten Verhältnisses zu dieser Macht zu trauen; endlich aber konnte sie sich darüber nicht mehr täuschen, daß der französische Hof die pragmatische Sanktion nur unter einem Vorbehalte, der sie zerstören mußte, nämlich dem der Rechte Dritter, angenommen zu haben erklärte; er nahm sich der Prätensionen Bayerns unumwunden an. Bei dem Zwiespalt, der eben zwischen den bourbonischen Mächten und England ausbrach, konnte sie nun allerdings auf England zählen, wo man ihr eine sehr lebhafte Teilnahme zu erkennen gab. Aber dadurch geriet Friedrich II. wieder in die Notwendigkeit, sich mit Frankreich zu verständigen, was er anfangs vermieden hatte; überzeugt, daß eine Verbindung der Engländer mit Österreich ihn in seinem Dasein bedrohen werde, schlug er sich auf die Seite der Franzosen. Eben in dieser Verbindung faßte er seine Forderungen in einer über die dynastischen Anrechte hinausgehenden Form zusammen.

Im Juni 1741 trat er mit Frankreich in ein Bündnis auf fünfzehn Jahre, dessen vornehmste Bedingung dahin lautete, daß es ihm Niederschlesien und Breslau gegen jedermann, wer es auch sei, garantiere. Soeben trat die in den Dingen liegende Tendenz vollständig zutage. Frankreich wendete alles an, um die Rechte des Kurfürsten von Bayern auf die österreichischen Gebiete durchzuführen und diesen selbst zum Kaisertum zu befördern.

Auch Bartenstein erblickte jetzt das Heil von Österreich in einer Erneuerung der alten großen Allianz gegen Frankreich; in diesem Gedanken selbst aber lag ein Rückhalt für Preußen. Eine große Allianz gegen Frankreich war unmöglich, weil Preußen, das ihr in einer früheren Periode zugehörte, die Waffen gegen Österreich ergriffen hatte. Das einzige Mittel der Verteidigung gegen Frankreich lag nun doch darin, daß man die in den ersten unbestimmten Formen, in denen sie auftraten, verworfenen Ansprüche Preußens nunmehr in den bestimmteren, in denen sie gemacht wurden, anerkannte; dem doppelten Anfalle Preußens und der bourbonischen Bundesgenossenschaft zu widerstehen, war Österreich unfähig. Darin lag nun auch das große Interesse von England. Unter dem Andringen des englischen Botschafters fand sich Maria Theresia in diese Notwendigkeit; sie verlangte nur ihrerseits, daß Preußen ihr zu Hilfe komme oder doch wenigstens neutral bleibe. Dazu aber hatte der König nunmehr wenig Neigung, denn Maria Theresia zeigte ihm einen tiefen und heftigen Widerwillen, den er für unversöhnlich hielt. Aber für ihn erhob sich jetzt eine andre Gefahr. Bei seiner Verbindung mit Frankreich hatte er die deutsche Idee, den Gedanken nämlich der fortdauernden Unabhängigkeit des Reiches nicht aufgegeben; denn so viel schien nicht daran zu liegen, ob die habsburgische oder die wittelsbachsche Dynastie im Deutschen Reiche vorwalte. Einer französischen Übermacht, die man einstweilen dulden müsse, meinte er sich in kurzer Zeit wieder entledigen zu können. Das war aber nicht der Sinn der französischen Regierung. Der umsichtige Kardinal Fleury, dem so vieles gelungen war, indem er die verschiedenartigen Interessen gegeneinander abwog, war nicht gewillt, Bayern so groß zu machen, daß ihm etwa eine neue Macht wie die des Hauses Österreich in dem zum Kaiser erhobenen Kurfürsten hätte entgegentreten können. Allem Anschein nach hätte es nur bei den Franzosen gestanden, die Stammlande von Österreich und die Hauptstadt selbst in diesem Augenblicke zu erobern; aber indem die Dinge diesen Zug nahmen, standen die Franzosen von einem solchen Unternehmen ab.

Die Franzosen waren in demselben Falle wie Friedrich II.; sie hatten nur beschränkte Absichten, auch sie wollten Österreich nicht vernichten. Nicht sowohl das Haus Habsburg-Österreich war ihnen zuwider, als überhaupt eine zentrale Macht in Deutschland, die sich ihnen entgegensehen konnte. Ihr Gedanke ging dahin: drei oder vier ziemlich gleich starke Staaten in Deutschland zu errichten, von denen ihnen keiner für sich selbst jemals Widerstand zu leisten fähig gewesen wäre. Es war nicht sowohl eine Eröffnung geheimer Pläne, als das vor Augen liegende Verhalten Frankreichs, was dem König von Preußen diese Gefahr ins Bewußtsein brachte; er wollte, wie er sagt, nicht die Übermacht von Österreich in Deutschland brechen, um französische Ketten zu schmieden. Aus diesen Betrachtungen und Gegensätzen ist der Vertrag zu Klein-Schnellendorf am 9. Oktober 1741 entsprungen. Dem König wurde darin von seiten Österreichs Niederschießen und Breslau abgetreten; selbst Neiße, welches zur Vollendung seiner Eroberungen unentbehrlich war, wurde ihm überlassen. Dafür aber versprach er, gegen General

Neipperg einstweilen keine Feindseligkeiten auszuüben; er ließ ihm vollkommen freie Hand gegen die Franzosen. Und war das nun nicht dasselbe, was Maria Theresia von ihm gefordert hatte, nämlich die Neutralität? Nicht ganz und gar; Friedrich II. behielt sich das tiefste Stillschweigen über das geschlossene Abkommen vor, eine in diesem Falle sehr wesentliche Bedingung; denn wenn es bekannt wurde, mußte er die Feindseligkeiten der Franzosen erwarten, während er sich doch auf die Freundschaft von Österreich nicht verlassen konnte. Eben darin liegt das Eigentümliche seiner Stellung. Er durfte zwar die Franzosen über Österreich nicht Herr werden lassen, noch weniger aber zugeben, daß Österreich die Angriffe, die es erfuhr, siegreich abwehrte; denn die Königin würde dann ihre Waffen gegen ihn gewendet haben. Die Abkunft von Klein-Schnellendorf hat für Österreich die glücklichsten Erfolge herbeigeführt; es konnte nun seine Macht ungeteilt gegen die Franzosen und Bayern wenden, denen es sich auch sofort gewachsen erwies. Seine Kräfte aber wurden dadurch verdoppelt, daß sich die Königin entschloß, zugleich eine Vereinbarung mit den Ungarn zu treffen, welche zwar den monarchischen Rechten Abbruch tat, aber den Enthusiasmus der Nation für die Königin erweckte und deren Streitkraft ihr dienstbar machte. Maria Theresia gelangte in den Stand, die Angriffe der Franzosen und ihrer Verbündeten mit Erfolg zurückzuweisen. Ein so vollkommener Sieg des Hauses Österreich aber, wie sich nach den Verhältnissen erwarten ließ, lag doch, wie berührt, wieder nicht in dem Sinne des Königs Friedrich. Gewiß, der Übermacht der Franzosen wollte er ein Ziel setzen, aber die österreichische Übermacht doch auch nicht herstellen; auch er faßte in dem Augenblicke den Gedanken, Sachsen und Bayern durch alte österreichische Gebiete zu verstärken; sie würden dann, da es durch seine Hilfe geschehen, allezeit von ihm abhängig geblieben sein; er dachte dabei zugleich seinen schlesischen Besitz auf immer zu befestigen, die Bedingung zur Vergrößerung seiner Nachbarn sollte ihre Einwilligung in die Verstärkung Niederschlesiens durch die Grafschaft Glatz und einen Teil von Oberschlesien bilden, ohne welche das erste gegen Österreich selbst nicht zu halten sein werde. In dieser Absicht ergriff er im Februar 1742 aufs neue die Waffen und drang in Mähren ein; er fühlte sich dazu berechtigt, weil das ihm versprochene Stillschweigen keinen Augenblick beobachtet worden war, was dann nicht verfehlen konnte, ihn in Mißverständnis mit Frankreich zu bringen, so daß er der Besorgnis Raum gab, Frankreich könnte, durch ein eignes großes Bündnis in dem nordischen Europa verstärkt, sich endlich sogar mit Österreich gegen ihn alliieren. Immer in der Anschauung der von allen Seiten drohenden Gefahr bewegt sich seine Politik. Mit Bayern und Sachsen vereinigt, würde er eine haltbare Stellung gegen Frankreich sowohl wie gegen Österreich haben behaupten können; allein so sicher waren diese Verbündeten nicht; es zeigte sich bald, daß die Bayern ohne die Hilfe der Franzosen schlechterdings sich nicht verteidigen konnten. Die große Position, die Friedrich in Mähren einnahm, konnte er nicht behaupten, ohne sich selbst zu gefährden; wenn ihm aber Österreich jetzt anbot, ihm Niederschlesien durch einen förmlichen Friedensschluß abzutreten, so war ihm das doch in seiner Lage noch nicht genügend; er forderte nun von der Königin auch Oberschlesien und Glatz. Dagegen aber sträubte sich die Königin; sie machte nochmals einen Versuch, die preußische Armee zurückzuwerfen, der aber vollkommen mißlang. Die Schlacht von Chotusitz 17. Mai 1742 gewann Friedrich ohne seine beiden Feldmarschälle, mit einem schon von ihm umgeformten Heere, das er mit einer Genialität anführte, die sein angebornes strategisches Talent zuerst zur Erscheinung brachte. Maria Theresia wurde inne, daß sie den doppelten Feindseligkeiten von Frankreich und Preußen nicht widerstehen könne, und allmählich schwiegen ihre Bedenken. Auf den Rat der Engländer, die ihr in der entscheidenden Stunde nicht ohne große pekuniäre Aufwendungen zu Hilfe gekommen waren, fügte sie sich in die Abtretung von Schlesien in den Grenzen, welche Friedrich forderte, mit Glatz, dem Teil von Oberschlesien bis an die Oppa, so daß das vielbestrittene Jägerndorf ihr zuletzt doch verblieb. Darauf ging dann Friedrich unverzüglich ein; er ermächtigte seinen Minister in Breslau, auf diese Grundlage abzuschließen; es ist der Friede von Breslau (11. Juni 1742), der das Verhältnis der beiden deutschen Mächte auf immer bestimmt hat. Aus den dynastischen Ansprüchen hat sich der politische Gedanke herausgebildet. Niemals war eine Erwerbung für irgendeinen Staat opportuner und wichtiger als für den preußischen die Eroberung Schlesiens, welches eine gleichartige Bevölkerung in bezug auf Herkunft, Landesart, Religion in sich schloß und der preußischen Krone erst die Kräfte verschaffte, durch die sie sich andern Kronen ebenbürtig zu einer europäischen Macht erhob, in der Mitte von Polen und Sachsen, die dadurch immer auseinandergehalten wurden, in der Mitte auch der Machtbezirke von Rußland und von Österreich. Soviel Österreich an Ausdehnung verlor, so kann man doch sagen, daß die österreichische Monarchie in diesem Konflikte zu einer näheren Identifizierung mit den Nationalitäten der Landschaften und Völker, aus denen sie sich zusammensetzte, gelangte. Von größtem Wert war für sie die erwachende Hingebung der Ungarn; in Böhmen und Österreich regten sich die katholischen Sympathien für das Erzhaus aufs neue. Hier behauptete sich doch das im Laufe des Dreißigjährigen Krieges gegründete System. Es ist die vornehmste Handlung Friedrichs II., daß er Schlesien diesem System entrissen und es mit seiner Krone verbunden hat; Aktion und Reaktion hiegegen haben die Geschicke der beiden Mächte bestimmt. Und so war es wohl erlaubt, auch in einem kurzen Artikel von diesem Ereignis eingehender zu handeln. Daran darf heutzutage niemand zweifeln, daß die Unternehmung mit gutem Gewissen gewagt werden konnte; in der Natur der Sache liegt, daß ihr Widerstand geleistet ward; Angriff und Verteidigung waren beide gerechtfertigt. Doch liegt es auch in der Natur der menschlichen Verhältnisse, daß die große Frage durch einen Frieden noch nicht definitiv entschieden wurde.

Zweiter Schlesischer Krieg

Unentschieden blieb vor allem das Schicksal des Deutschen Reiches; Österreich konnte und wollte nicht ertragen, von dem deutschen Kaisertum ausgeschlossen zu sein, es ließ den bayrischen Nebenbuhler das volle Übergewicht seiner Waffen empfinden, und da nun der König von England, Kurfürst von Hannover, weit entfernt, den Wittelsbachschen Kaiser anzuerkennen, vielmehr die Hilfsmacht, auf die derselbe sich stützte, aus allen Kräften bekämpfte und den Franzosen mitten in Deutschland eine Niederlage beibrachte, so geriet nach einiger Zeit die Existenz des neuen Kaisertums in die größte Gefahr. Friedrich, der an der Bildung dieses nicht-österreichischen Kaisertums durch die Erhebung des Kurfürsten von Bayern zum Kaiser den wesentlichsten Anteil hatte und daran mannigfaltige Entwürfe für die Umwandlung Deutschlands knüpfte, zog im Jahre 1744 nochmals das Schwert; vor allem, um seinen Kaiser – Karl VII. – zu retten; er dachte dabei zugleich Absichten durchzuführen, die er bei dem Frieden von Breslau nicht hatte erreichen können. Die Unternehmung hatte nicht den Beifall seiner Minister; man kann anderweit lesen, wie viel sich dagegen einwenden ließ, und was auf diese Einwendungen erwidert wurde. Historisch liegt das Hauptmoment darin, daß ein Kaisertum, welches auf französischer Unterstützung beruhte, zugleich aber der Waffen des Königs von Preußen bedurfte, nicht zu behaupten war; hätte der König den Kaiser aufrecht erhalten, hätte er zu demselben in ein Verhältnis treten können, wie etwa der Kurfürst von Hannover zu Österreich, so würde sich ein Wittelsbachsches deutsches Kaisertum haben denken lassen. Aber Karl VII. war viel zu schwach zu einer einfachen Bundesgenossenschaft; er würde allezeit von Frankreich abhängig geblieben sein. Das Unternehmen war großartig, aber doch in der Tat unausführbar; denn Friedrich mußte dabei auf die energische Unterstützung von Frankreich zählen; Frankreich und Preußen hatten zwar gemeinschaftliche, jedoch auch entgegengesetzte Interessen. Unter allen Umständen hätte der König zuletzt doch daran denken müssen, das Kaisertum wieder von Frankreich zu emanzipieren, und Frankreich konnte an einer Bundesgenossenschaft, welche Tendenzen der Selbständigkeit hervorkehrte, keinen Gefallen finden. Wie einst der König seine erste Abkunft geschlossen hatte, um der österreichischen Macht Zeit zu lassen, sich gegen Frankreich zu wenden, so hatten nun ihrerseits, den ausdrücklichen Verpflichtungen des Traktats zum Trotz, die Franzosen keine Neigung, mit den Österreichern im Elsaß zu schlagen und den König von Preußen in den Stand zu setzen, sich einiger Kreise in Böhmen zu bemächtigen, wiewohl sie dies Land noch als Eigentum des Kaisers betrachteten, dem sie zur Krone desselben geholfen hatten. Denn neben den Interessen, die man nicht allein vorgibt zu haben, sondern wirklich hat, wenn auch erst in zweiter Linie, machen sich auch immer andre wesentlichere geltend, die jenen vorangehen. Ich weiß nicht, ob man viel daran gedacht hat, aber augenscheinlich ist es doch, daß eine weitere Bekämpfung von Österreich, durch welche die Franzosen das neue Kaisertum behauptet hatten, vornehmlich dem König von Preußen zu statten gekommen wäre, der sich nochmals vergrößert und an der Zentralverwaltung in Deutschland überwiegenden Anteil erlangt haben würde. Die Franzosen hatten überhaupt den Impuls nicht mehr, der sie in den Krieg gezogen hatten überdies aber, es war ihnen eben recht, daß die Österreicher durch den König von Preußen beschäftigt wurden und ihnen freie Hand zu einem Angriff auf die Niederlande ließen. So geschah es, daß die gewaltige Kriegsmacht der Königin, die gegen Frankreich im Felde gestanden und die Waffen führen gelernt hatte, sich gegen den König von Preußen wandte und ihm in Böhmen entgegenrückte. Der König hätte nichts mehr gewünscht, als mit derselben sich zu schlagen; aber die Österreicher nahmen bei Marschowitz eine so starke Position, daß er doch Bedenken trug, sie daselbst anzugreifen; er sah sich genötigt, Böhmen zu verlassen, zumal da er Sachsen gegen sich hatte. Kurz darauf starb der Kaiser, dessen Sache er führte, eines unerwarteten Todes (20. Januar 1745). Einen Nachfolger für ihn zu finden, der von Österreich unabhängig gewesen wäre, war eine Sache der Unmöglichkeit; diese ganze das Kaisertum betreffende Kombination zerfiel in nichts. Der Sohn Carl Alberts schloß seine Abkunft mit Österreich (April 1745): allenthalben im Reiche überwog der Einfluß der Königin, die nun nicht allein ihren Gemahl zum Kaisertum erhoben zu sehen hoffte, sondern den Gedanken faßte, Schlesien wieder zu erobern. Hier aber war Friedrich unüberwindlich; es ist eine seiner glänzendsten und glücklichsten Waffentaten, daß er ein großes österreichisch-sächsisches Heer bei Hohenfriedberg am 4. Juni 1745 auf das Haupt schlug. Auch ohne mitwirkende Bundesgenossen war er stark genug, Schlesien zu behaupten. Zwischen Österreich und Sachsen wurde der Plan verabredet, ihm durch einen Angriff auf die Mark Brandenburg beizukommen und ihn daselbst doch noch zu überwältigen. Noch zur rechten Zeit aber wurde Friedrich das inne und begegnete dem Angriff mit einer energischen Abwehr, die ihn zum Meister von Sachsen machte. Hierauf wurde Maria Theresia bewogen, den erneuerten Ratschlägen des englischen Gesandten, der den Frieden forderte, Gehör zu geben. Wenn die Franzosen erwartet hatten, daß Friedrich zugleich auf eine allgemeine Pazifikation Bedacht nehmen würde, in welcher auch sie inbegriffen worden wären, so lag ihm das ferne; denn auf seinen Antrag auf Unterstützung in dieser gefährlichen Krisis hatte er lauter ausweichende Antworten bekommen; er begnügte sich in dem Frieden zu Dresden (25. Dezember 1745) mit der Herstellung der Abkunft von Breslau, die das enthielt, was ihm am notwendigsten war. Dagegen behielt Maria Theresia in Deutschland die Oberhand, ihr Gemahl wurde zum deutschen Kaiser gekrönt, Friedrich selbst mußte ihn anerkennen. Ein mächtiges Österreich, dem das Übergewicht in Deutschland zufiel, trat nun der neugebildeten preußischen Macht, die auf sich selbst angewiesen war, entgegen. Alles war in heftigem, blutigem Kampfe geschehen, und zu ihrem letzten Ziele war doch keine der beiden Mächte gelangt, der König von Preußen nicht in bezug auf das Deutsche Reich, noch bei weitem weniger Österreich in bezug auf Schlesien. Maria Theresia war wohl eigentlich niemals gesonnen, sich in den Verlust, den sie erlitten hatte, zu finden. Aber im Widerspruch mit ihr erreichte Friedrich in dem Frieden von Aachen (18. Oktober 1748), daß Schlesien und Glatz ihm von allen beteiligten Mächten aufs neue garantiert wurden, und zwar ohne eine Klausel, welche diesen Besitz bisher immer noch zweifelhaft hätte erscheinen lassen. Für Friedrich ein höchst vorteilhaftes Resultat. Wenn er es bisher unerträglich gefunden, daß man ihm so oft »Schach dem König« bieten konnte, so war er dieser Besorgnisse fürs erste, so lange nämlich keine große Veränderung in Europa eintrat, entledigt.

Die landesväterlichen Sorgen traten bei ihm bereits den militärischen ebenbürtig zur Seite.

Friedrich II. bemühte sich, die Beschränkungen, die ihm Grund und Boden seines Gebietes auferlegten, zu überwinden und sich auch in dieser Beziehung von den Nachbarn möglichst unabhängig zu machen. In die innere Verfassung seiner Landschaften vermied er, willkürlich einzugreifen; er suchte den Bauer bei seinem Eigentum zu schützen und von den drückendsten Lasten zu befreien, ohne doch die Edelleute zu verletzen, deren Degen er brauchte; sie bildeten die Offiziere seiner Armee. Eine neue Aufgabe erwuchs ihm aus der Vermehrung seiner katholischen Untertanen; von dem Papst forderte er die nämlichen Rechte, die derselbe katholischen Fürsten gewährte; er wußte mit den kirchlichen Behörden in den Provinzen in ein gutes Verhältnis zu treten; denn der Geist des Jahrhunderts war überhaupt nicht mehr auf das strenge Festhalten, sondern auf die Beseitigung der religiösen Differenzen gerichtet. Die Idee des Staates kam insofern empor, als man dieser Differenz allen Einfluß auf die gegenseitigen politischen Beziehungen zu entreißen suchte. Was Friedrich darunter verstand, wenn er sagte, er setze Religion der Religion entgegen, sieht man unter anderem aus seinem Verfahren in Schlesien. Den österreichischen Jesuiten, die einen großen Einfluß auf die Verwaltung und die Erziehung ausübten, setzte er eine Schule französischer Jesuiten entgegen, ebenso gut katholisch wie die anderen, jedoch frei von österreichischen Sympathien. Auf diesem Wege konnte er die religiöse Toleranz aufrechterhalten und sie zum Grundprinzip seines Staates machen. Den schlesischen Evangelischen hatte er Sicherheit verschafft, die Regierung des Landes aber wollte er nicht in ihre Hände legen. In allen seinen Gebieten hat er im Anfange seiner Regierung viele Kirchen bauen lassen. Den beiden protestantischen Parteien der Lutherischen und der Reformierten ließ er gleichmäßigen Schutz angedeihen; denn ihr Hader hätte Beunruhigungen veranlassen können, und für die einander schroff gegenüberstehenden Meinungen hatte er überhaupt keinen Sinn. Von gesundem Urteil zeugt der Rat, den er den Geistlichen gab: die Welt zu nehmen, wie sie ist, übrigens aber die heilige Schrift zu studieren. Obwohl er sich hütete, in die innere Verfassung der Landeskirche einzugreifen, so gab doch die allgemeine Tendenz, die er verfolgte, seiner Regierung in geistlicher Beziehung einen andern Charakter, als die seiner Vorgänger gehabt hatte. Er brauchte nicht mehr die Reformierten gegen die in den Provinzen herrschende Übermacht der Lutheraner in Schutz zu nehmen, wie etwa der Große Kurfürst; noch auch die konfessionellen Institute zu verstärken, wie seine älteren Vorgänger, um einer katholischen Propaganda entgegenzutreten. Dem entsprach es nun, wenn Friedrich II. in sich selbst von allen religiösen Überlieferungen abstrahierte. Er schloß sich den Anschauungen der Philosophen des Jahrhunderts an, ohne ihnen in die neuen Systeme zu folgen, mit denen sie nach und nach zum Vorschein kamen. Voltaire mit seiner Opposition gegen die positiven Kirchenlehren, die aber nicht über den Deismus hinausging, war nicht allein sein Freund, oft sein Gesellschafter, sondern selbst sein Verbündeter. Wenn er die »Akademie der Wissenschaften« erneuerte oder erst recht begründete, so übten die religiösen oder vielleicht der positiven Religion entgegengesetzten Gesinnungen Friedrichs auf ihre Zusammensetzung keinen Einfluß aus. Der Präsident der Gesellschaft, Maupertuis, war von religiöser Gesinnung und ging in die Messe. Die bedeutendsten wissenschaftlichen Arbeiten wurden von deutschen Gelehrten abgefaßt und nur darum ins Französische übersetzt, um allgemein bekannt zu werden. Denn die französische Sprache war die allgemeine des gebildeten Europa; Friedrich selbst bediente sich ihrer bei seinen Produktionen. Die Akademie, der er mehrere seiner Arbeiten zuerst vorlesen ließ, bildete gewissermaßen sein erstes Publikum. Die Anwesenheit Voltaires in Potsdam hat eine literaturgeschichtliche Bedeutung durch zwei Werke, die in der Zeit des vertrauten Uniganges des Königs und des größten Literaten des Jahrhunderts entstanden sind: Voltaires *Siècle de Louis XIV.*, vorlängst entworfen, in Potsdam vollendet, in einer Atmosphäre jedoch, die keine rein französische war, und der erste Entwurf einer Darstellung der letzten Kriegsereignisse durch Friedrich selbst, der sich ebenfalls mehr in europäischen, als lokalen Anschauungen bewegt. Von Friedrichs poetischen Werken vielleicht das beste, das Lehrgedicht über die Kriegskunst, datiert aus derselben Epoche; es wurde von Voltaire stylistisch durchgesehen; die Arbeit ist auch kriegswissenschaftlich bedeutend; sie beruht auf den Prinzipien über den Krieg, die der König als das Resultat seiner Erfahrungen damals überhaupt theoretisch zusammenfaßte.

Der Siebenjährige Krieg

Was nun aber König Friedrich vor allem beschäftigte, war die Sorge für seine Armee, die er auf 133000 Mann brachte, alles wohlgeübte, wohlgeschulte Truppen, und die Herbeischaffung der Mittel, um ein paar Feldzüge mit denselben auszuhalten; denn daß es noch einmal zum Kampfe kommen würde, war ihm bei der engen Verbindung zwischen Österreich, Rußland und Sachsen und der Schwäche von Frankreich nicht zweifelhaft; davon aber, daß Frankreich, mit dem er zwar nicht einverstanden, aber doch verbündet gewesen war, den ihm entgegengesetzten Mächten beitreten könne, hatte er doch keinen Begriff. Dieses Ereignis, in welchem eine Umkehr der bisherigen Politik lag, trat dennoch ein aus Gründen, welche eine durchgreifende Änderung aller Verhältnisse in sich schlossen. Die Streitigkeiten zwischen Frankreich und England, welche die Welt umfaßten, brachen wieder zu offenem Kriege aus; wohl aber wußten die Franzosen, daß ihre Seemacht, die damals die Unterstützung der übrigen bourbonischen Höfe nicht hatte, der englischen bei weitem nicht gewachsen sei; sie meinten, diesen Mangel durch die Superiorität ihrer Landmacht zu ergänzen und ihre amerikanischen Kolonien, wie vordem, durch einen Krieg in Europa zu behaupten.

Der französische Gesandte selbst hat dem König Friedrich gesagt, Frankreich würde sich in Hannover schadlos halten. Damit aber trat eine Differenz zwischen den beiden Mächten ein, die ihrem bisherigen Einverständnis ein Ende machte und den großen Kampf hervorrief, der unter dem Namen des Siebenjährigen Krieges unvergeßlich geworden ist. Zu einer Besetzung Hannovers durch die Franzosen wollte Friedrich es nicht kommen lassen, er wäre dadurch selbst bedroht worden; denn schon hatten die Russen einen Vertrag mit dem König von England geschlossen, kraft dessen sie in Deutschland vorgedrungen wären, um Hannover für denselben zu behaupten. Unmöglich aber konnte Friedrich das nördliche Deutschland zu einem Kriegsschauplatz zwischen Russen und Franzosen werden lassen. Der König von England, Kurfürst von Hannover, hätte es vielleicht geduldet, nicht jedoch die englische Nation; denn jeder Mann wußte, daß die russische Kaiserin Elisabeth, die den König von Preußen haßte, vor allem diesen Fürsten niederzuwerfen suchen würde; der König von Preußen aber war für die englische Nation ein Gegenstand der Verehrung und Bewunderung. Und überdies, die Engländer wünschten vollkommen freie Hand für den maritimen Krieg zu behalten; wenn ihnen Friedrich die Neutralität zusicherte und den Schutz von Hannover selbst in die Hand nahm, so war alles geschehen, was sie wünschen konnten. Sehr ernstlich ging Friedrich mit sich über diese Frage zu Rate; er zog in Betracht, daß er sich unmöglich den drei Mächten Österreich, Rußland und England-Hannover zugleich widersetzen könne, was ihn zu einem Defensivkriege nötigen würde, den er auszuhalten nicht imstande sei. Sollte er nun aber dagegen mit Frankreich brechen, mit welchem verbunden zu sein bisher den Angelpunkt seiner Politik ausgemacht hatte? Er erwog, daß er doch keinerlei Verpflichtung habe, die amerikanischen Besitzungen der Franzosen zu verteidigen, zugleich aber, daß die französische Hilfe ihn gegen die Angriffe der andern Mächte nicht sicherstellen könne. Aus diesen Gründen entschloß er sich, einen Neutralitätsvertrag mit England einzugehen (17. Januar 1756), durch welchen die Ruhe in Deutschland erhalten werden und keiner fremden Macht gestattet sein sollte, in Deutschland einzurücken. Es war ein Vertrag, der ebensowohl seinem eigenen Interesse als der Stellung der damaligen englischen Verwaltung entsprach; Friedrich meinte selbst, daß die Franzosen sich in denselben finden würden. Und wie viel besser hätten diese daran getan, alle ihre Kräfte ebenfalls auf die Seerüstungen zu wenden, als die alten Eingriffe in Deutschland zu wiederholen. Das lag nun aber gänzlich außerhalb des französischen Gesichtskreises; die Franzosen wollten einmal in deutschen Angelegenheiten fortwährende Einwirkungen ausüben und hielten es selbst für besser, sich zu diesem Zwecke mit der kaiserlichen Macht zu verbünden, als mit der Opposition gegen dieselbe; von Hannover abzustehen, konnten sie nicht über sich gewinnen, da England selbst dadurch eine neue verstärkte Sicherheit erlangen würde, wenn es dieses Besitztum seines Königs nicht zu verteidigen brauche. Schon immer hat darin der Gegensatz der französischen und preußischen Politik gelegen; Preußen wollte die Einwirkung Frankreichs auf das Deutsche Reich nicht anwachsen, noch sich befestigen lassen; es wollte sich seiner Verbindungen mit Frankreich zu seiner eigenen Sicherheit bedienen, nicht weiter. Daß nun der alte Verbündete, dessen Emporkommen sie sich selber zuschrieben, ihnen in einem großen

Kampfe, welcher bevorstand, ein Kriegstheater verschließen wollte, auf welchem sie Erfolge davonzutragen hofften, erfüllte den König Ludwig XV. und seinen Hof mit einer Art von Ingrimm. Unter dem Beirat der Marquise von Pompadour, seiner früheren Mätresse, die jetzt gleichsam sein erster Minister war, wendete sich Ludwig XV. den österreichischen Anträgen zu, welche auf eine Wiedereroberung von Schlesien gerichtet waren, zumal da ihm diese dagegen versprachen, auch ihm freie Hand gegen den König von England, Kurfürsten von Hannover, zu lassen. König Friedrich hätte nie erwartet, daß die Antipathien der Franzosen soweit gehen würden; aber mit einem Schlage sah er sich jetzt von der Gefahr, die er hatte vermeiden wollen, im verdoppelten Umfang bedroht; Österreich, Rußland, Sachsen blieben immer gegen ihn vereinigt; nunmehr gesellten sich, da England zurückwich, vielmehr die Franzosen den alten Feinden bei. Aber das war nun einmal das Schicksal Friedrichs: in der Mitte der europäischen Konflikte mußte er seine Eroberung bald gegen die eine, bald gegen die andere Kombination verteidigen. Durch den Wechsel der Politik wurde seine Lage insofern verbessert, als er in eine natürliche Verbindung mit England und mit Hannover trat, von denen er wenigstens für seine Unabhängigkeit nichts zu fürchten hatte, was bei einer Allianz mit Frankreich immer der Fall war. Aber Hilfe durfte er auch von England her sich zunächst nicht versprechen. Den Sturm, der ihn bedrohte und über dessen Richtung er sich keinen Illusionen hingeben konnte, mußte er allein bestehen; Preußen mußte, wenn es bleiben wollte, was es nunmehr war, den Kampf gegen Rußland, Frankreich, Österreich, Sachsen und Polen zugleich bestehen.

Friedrich hatte, als er mit England abschloß, sich der Notwendigkeit entziehen wollen, sich nach allen Seiten hin verteidigen zu müssen; es war von ihm nicht zu erwarten, daß er sich in eine so unhaltbare Stellung drängen lassen werde, da die Gefahr noch größer geworden war. Um nicht angegriffen zu werden, faßte er den Gedanken, selbst anzugreifen. Noch waren die Feinde nicht vorbereitet, noch war es möglich, daß sie bei der Aussicht auf einen unmittelbaren Krieg zurückscheuten; darauf beruhte es, wenn er der Kaiserin Maria Theresia, von der alle Feindseligkeiten ihren Impuls bekamen, die Frage vorlegte: ob sie in diesem und im nächsten Jahre ihm Frieden zusichern wolle oder nicht; denn nach einigen Jahren hätten sich wohl die Kombinationen anders gestalten können. Aber in Wien herrschte damals die Tendenz der Feindseligkeit vor; die Kaiserin gab eine ausweichende Antwort, und Friedrich beschloß nun, seinen Angriff keinen Augenblick zu verzögern.

Man hat oft behauptet, der Krieg hätte sich noch vermeiden lassen, und nicht selten ist die Meinung aufgetaucht, Friedrich habe bei seinem Unternehmen nur die Absicht gehabt, Sachsen zu erobern. Für das Letztere ist eine spätere Äußerung Friedrichs angeführt worden, die sich aber auf ganz andere Verhältnisse bezieht; allerdings nahm seine Armee zum größten Teil ihren Weg durch Sachsen, wie das auch schon im Jahre 1744 geschehen war; im Jahre 1756 hatte Friedrich die nämliche Absicht, durch Sachsen nach Böhmen vorzudringen; denn er wollte dem ihm drohenden Angriff dadurch zuvorkommen, daß er Österreich selbst in Böhmen angriff, ehe es seine Vorbereitungen getroffen hatte. Noch bei seinem Vordringen in Sachsen würde er zurückgewichen sein, wenn er aus Österreich auf eine letzte dringende Anfrage eine genügende Antwort erhalten hätte; allein man wiederholte in Wien nur, was man zuvor gesagt, und war über den Einbruch des Königs in Sachsen nichts weniger als erschrocken; denn nun erst konnte man auf die Erfüllung der Zusicherungen von Frankreich und Rußland mit Sicherheit rechnen. Die Besetzung Sachsens war eine Handlung, welche die eingewohnten friedlichen Verhältnisse plötzlich durchbrach und die halbe Welt in Aufregung setzte.

Sachsen war im Jahre 1744 unentschieden gewesen; es hatte seine Position erst nach der Hand genommen; im Jahre 1756 war es in voller Rüstung begriffen und vermochte sich zwar nicht eigentlich zur Wehr zu setzen, aber doch den König Friedrich auf seinem Wege aufzuhalten; militärisch nahm der König Sachsen in Besitz. Im Frühjahr 1757 drang er in Böhmen vor und gewann die Oberhand in einer mörderischen Bataille vor den Mauern von Prag (6. Mai). Diese Stadt aber behauptete sich, und indem er dem österreichischen Heer entgegenging, das zum Entsatz derselben bestimmt war, erlitt er seine erste große Niederlage (bei Collin 18. Juni); er mußte nun doch zur Defensive schreiten, in die er nur Sachsen einschließen zu können den Vorteil hatte. Man sah doch das große Schicksal sich erfüllen; Preußen war angewiesen, in der Mitte der zwei großen kontinentalen Mächte seine Selbständigkeit zu verteidigen.

Die Eroberung von Schlesien war durch Talent und ein glückliches Ergreifen des geeigneten Augenblicks, um alte Ansprüche geltend zu machen, vollbracht worden; die Verteidigung erforderte lange Anstrengungen und den unerschöpflichen Mut der Ausdauer. Die Sache Friedrichs hatte insofern eine nationale Bedeutung, als die Franzosen im Bunde mit Österreich das ganze westliche und nördliche Deutschland überfluteten. Friedrich brach ihren Anlauf, als sie nach Thüringen vordrangen, durch die Schlacht bei Roßbach (5. November), die ihren Ehrgeiz tief verwundete, aber er konnte sie nicht systematisch bekämpfen; er überließ das seinem Neffen, Ferdinand von Braunschweig; er selbst eilte nach Schlesien, wo die Herstellung der österreichischen Autorität bereits begonnen hatte. Die protestantischen Sympathien kamen ihm dabei nochmals zu Hilfe, wie denn dem Bündnis zwischen Frankreich und Österreich eine katholische Tendenz zugrunde lag. Die Schlacht bei Leuthen (5. Dezember 1757) ist wohl die letzte, in welcher diese religiösen Gegensätze entscheidend eingewirkt haben, eigentlich noch eine Antwort auf die Schlacht am Weißen Berge, welche die Grundlage der katholischen Aktion bildete, der Schlesien damals unterlag. Die Österreicher mußten aufs neue Schlesien verlassen, die protestantische und die deutsche Idee gaben den Waffen Friedrichs eine allgemeine Beziehung von großer Tragweite. Nun aber erschien erst die russische Armee im Felde, welche von Osten her noch gefährlicher wurde als die französische im Westen. Der König warf sie bei Zorndorf (25. August 1758) zurück, aber bei Kunersdorf (12. August 1759) ist er ihr erlegen. In einem Leben voll großer Unternehmungen müssen auch große Mißgeschicke eintreten, Momente, in denen alles verloren scheint. Einen solchen hat Friedrich damals erlebt; er verzweifelte an seinem Sukzeß und an seiner Sache, war aber entschlossen, den Ruin von Preußen nicht zu überleben. Mehr als einmal ist ihm dieser Gedanke wieder gekommen; denn wiewohl heute überwunden, erneuerten sich doch die Bedrängnisse den andern Tag. Der erste Schimmer einer Hoffnung der Rettung kam ihm aus dem Lager seiner erbittertsten Feinde.

Das Bündnis zwischen Österreich und Frankreich war nicht so enge, daß die Franzosen, wiewohl sie an demselben festhielten, doch nicht der Kaiserin den Rat gegeben hätten, auf die Wiedererwerbung von Schlesien Verzicht zu leisten; denn ihr Krieg mit England führte so große Verluste herbei, daß sie zu dieser Eroberung mitzuwirken nicht imstande waren; ihre Bestrebungen waren nur darauf gerichtet, dem tapferen Prinzen von Braunschweig gegenüber sich im westlichen Deutschland zu behaupten. Aber um so enger war das Einverständnis des russischen Hofes mit der Kaiserin, die demselben die größten Konzessionen machte; sie willigte ein, daß das von den Russen eingenommene Ostpreußen denselben verbleiben solle, wenn dagegen Schlesien an Österreich zurückkomme.

Was diese Verbindung in jenem Moment zu bedeuten hatte, sieht man daraus, daß Friedrich im Jahre 1760 nur 70000 Mann ins Feld stellen konnte, während das russische und österreichische Heer, das gegen ihn zusammenzuwirken bestimmt war, 300000 Mann zählte. Er erfocht die glänzenden Siege bei Liegnitz (15. August 1760) und bei Torgau (3. November 1760), aber sie gaben ihm keine Genugtuung; denn er fühlte alle Zeit die Unzulänglichkeit seiner Streitkräfte den feindseligen Elementen, die auf ihn eindrangen, gegenüber; er hat seinem Bruder Heinrich zu Gemüte geführt, daß man dem Vaterlande dienen müsse, auch wenn die Sache schlecht gehe; sein ursprünglich dynastischer Gedanke hatte sich zu der Idee des Vaterlandes erhoben. Die Idee des Staates und seiner Unabhängigkeit schwebte ihm unaufhörlich vor Augen; er wollte eher sterben als sie fallen lassen.

Wie nun aber die Gefahr durch Kombination von Umständen, die keine innere Notwendigkeit hatten, herbeigeführt worden war, so trat im Laufe der Zeit eine andere Kombination ein, welche sie wieder zerstreute. Das vornehmste Ereignis war, daß die Kaiserin von Rußland im Januar 1762 starb; ihre persönliche Animosität hatte dem Kriege seine verderblichste Wendung gegen Friedrich gegeben. Ihr Nachfolger, Peter III., war gerade von der entgegengesetzten Stimmung beseelt; er verehrte den König Friedrich in demselben Maße, als seine Vorgängerin ihn verabscheut hatte. Hierdurch verschwanden alle Gefahren im Norden; denn wiewohl die Gewaltsamkeiten Peters eine Bewegung hervorriefen, die seiner Laufbahn in kurzem ein Ziel setzte, so war doch von der neuen Gebieterin, seiner Gemahlin, die durch seine Katastrophe emporkam, kein Rückfall in das alte System zu erwarten. Es erhellt nicht gerade, daß Katharina II. aus Dankbarkeit gegen Friedrich, dem sie ihre Vermählung nach Rußland verdankte, gehandelt habe; ihre Idee war einzig, die russischen Interessen ins Auge zu fassen; sie sagte wohl in einem großen Augenblick, sie sei hier im Namen des Volkes, um das Interesse desselben immer vor Augen zu behalten. Dies aber gebot weder die Vernichtung Preußens, noch eine unbedingte Allianz mit Österreich. Und indem Maria Theresia, die ohnehin viel schwächer geworden, die Unterstützung der Russen verlor, entging ihr auch die andere, die in der Verbindung mit Frankreich lag.

Endlich war es der französischen Nation zum Bewußtsein gekommen, daß sie durch den maritimen Krieg unberechenbare Verluste erlitt; wohl kam ihr für denselben eine Thronveränderung in Spanien zustatten, und es schien, als ob der frühere Kampf der bourbonischen Mächte gegen England sich im vollen Umfang wiederum erneuern sollte. In England sahen die Männer, welche bisher den Krieg geführt hatten, darin mehr eine Aussicht zu neuen großen Erfolgen als eine wirkliche Bedrohung; sie fühlten sich stark genug, um die spanische und französische Seemacht zugleich niederzuwerfen, aber auch die englische Nation, deren vornehmster Zweck als erreicht betrachtet werden konnte, war des Krieges bereits müde. Auch hier trat eine Regierungsveränderung von entscheidendem Charakter ein. Der junge König Georg III. glaubte erst in den vollen Besitz seiner Krone zu gelangen, wenn er sich der Partei entledigte, die bisher am Ruder gewesen war.

So begegneten sich die Regierungen von England und von Frankreich in friedlichen Intentionen.

Friedrich empfand es auf das bitterste, daß er von den Engländern, denen er unermeßliche Dienste geleistet hatte, in seiner Bedrängnis verlassen wurde; aber der Vertrag, den er mit ihnen geschlossen, wurde doch in der Tat nicht ganz aus den Augen gesetzt: sie hielten an der Garantie von Schlesien, die sie ihm gegeben hatten, fest. Und von der Idee, ihm Schlesien zu entreißen, waren auch die Franzosen bereits zurückgekommen; aber diese fürchteten, durch eine Abkunft mit England, in welcher diese Garantie anerkannt würde, sich von Österreich zu entfremden, wozu sich König Ludwig XV. um so weniger entschließen wollte, da er sich mit Preußen so entschieden verfeindet hatte. Wenn nun die Frage war, wie der Friede mit England und die Allianz mit Österreich zugleich aufrechterhalten werden konnte, so kam ihnen Maria Theresia auf halbem Wege entgegen. Erschreckt durch die Gefahr (es war noch zu Lebzeiten Peters III.), daß die Russen jetzt zugunsten Preußens an dem Kriege teilnehmen und vielleicht nach Hannover vordringen würden, was dann auf England zurückwirken und dort die Freunde Friedrichs wieder ans Ruder bringen müsse, entschloß sie sich, die Absicht, Schlesien zu erobern, was ihr ohne den Beistand von Frankreich und von Rußland unmöglich war, endlich aufzugeben; die vornehmste aller Notwendigkeiten lag für sie in der Pazifikation von England und Frankreich, die mit der Absicht auf Schlesien nicht zu kombinieren war. Es kam dazu, daß auch die Zeit des Friedens mit den Türken ablief, so daß das orientalische Verhältnis anderweite Kriegsgefahren zu vermeiden gebot.

Aus dieser Verflechtung der Dinge entsprang der Friede, der zuletzt zu Hubertusburg zustande kam (15. Februar 1763). Von dem Wiener Hof selbst ging der Antrag dazu aus; er wurde durch Sachsen vermittelt. Die Grundbedingung von allem war, daß Friedrich zu keiner Abtretung irgendeiner Art verpflichtet sein sollte; was er unter dem mannigfaltigsten Wechsel von Glück und Unglück und unter den größten Anstrengungen auf Leben und Tod verteidigt hatte, das wollte er auch behaupten.

*

In dieser Haltung beruht der Anspruch Friedrichs auf den Beinamen des Großen, an den er selbst nicht gedacht, den ihm aber die Nachwelt zuerkannt hat; sie hat damit nicht etwa alles sanktionieren wollen, was von ihm ausging, denn nicht eben alles ist groß, was ein großer Mann tut, und an manchem, was von ihm ausging, hat nicht bloß der Neid und die Mißgunst etwas auszusetzen gefunden; aber groß ist in Friedrich ein militärisches Talent, welches das einzelne umfaßt und sich zur genialen Heerführung erhebt; am glänzendsten in den Momenten der größten Gefahr; nicht minder der gesunde, zum Ziel treffende politische Blick, der sich über den Zustand der Dinge keinen Täuschungen hingibt; der Geist, der ihn zu den gewagtesten Unternehmungen antreibt, wenn sie in den Kreis seines politischen Daseins gehören, und dann doch abhält, über denselben hinauszugehen; endlich die moralische Entschlossenheit, die auch in der äußersten Gefahr aushält und in der Hauptsache niemals einen Schritt breit zurückweicht. Auf diese Weise hat er sein Preußen als europäische Macht, allen andern ebenbürtig, begründet und behauptet. Wohl fühlte man dies in der Nation. Nicht allein mit Bewunderung, sondern mit Verehrung wurde er empfangen, als er, nicht mehr jugendfrisch wie einst, sondern mit den Spuren des Alters, d. h. der Kämpfe, die er bestanden, nach Berlin zurückkam.

Wiederaufbau des Landes

Aber eine neue, nicht minder schwere Arbeit stand dann vor ihm: er mußte die Landschaften, die er behauptet hatte, in ihrem alten Wohlstand wiederherstellen und sie zu einem Ganzen vereinigen, das für ein andermal widerstandsfähig wäre. Denn an die Dauer des Friedens glaubte man eigentlich nicht. Von den Provinzen waren einige vom Feinde besetzt gewesen, andere hatten zum Kriegstheater gedient, alle waren ruiniert. Friedrich II. wurde an den Zustand derselben, wie er nach dem Dreißigjährigen Krieg gewesen war, erinnert, wo es denn fast ein Jahrhundert gedauert hatte, ehe eine Herstellung vollbracht worden war. Dahin aber sollte es diesmal nicht kommen; der Unterschied gegen früher lag darin, daß damals der Fürst und die Völker zugrunde gerichtet waren: jetzt aber ging Friedrich aus dem Kriege mit den Mitteln, die zu einem neuen Feldzug erforderlich gewesen wären, hervor und zögerte nicht, dieselben zur Herstellung des Landes zu verwenden. Die Pferde, mit denen er die Artillerie hatte bespannen wollen, wurden dazu verwandt, um den Pflug zu ziehen; aus den Magazinen, welche für die Soldaten bestimmt gewesen waren, wurde nun das Volk genährt. Von den Provinzen hatten sich einige nicht ganz zu seiner Zufriedenheit verhalten, namentlich nicht der Adel in Ostpreußen; anderen, z. B. den Bauern im Mindenschen, schlug er es sehr hoch an, daß sie sich selbst zum Kriegsdienst gestellt hatten; allein darauf hat er keine weitere Rücksicht genommen, namentlich den Ostpreußen alles vergessen; er sah alle Landschaften eben als Teile des Ganzen an, das nun zu einem haltbaren Zustand gebracht werden sollte. Von allen Seiten umgaben ihn bei weitem mächtigere und doch zugleich eifersüchtige Potenzen, denen er Widerstand zu leisten fähig sein mußte. Eine große Schwierigkeit machte ihm selbst die Notwendigkeit, die Armee in gutem Stande zu erhalten. Es wäre ganz unverhältnismäßig gewesen, ein stehendes Heer von 160000 Mann, wie er es bedurfte, aus den Einwohnern auszuheben. Alles, was möglich war, bestand darin, daß er 70000 Mann aus den Eingeborenen unter die Waffen stellte. Er blieb bei dem Kantonsystem, das sein Vater eingerichtet hatte, dessen Nutzen, selbst im Kriege, er sehr hoch anschlug. Daran also, eine eigentlich nationale Armee aufzustellen, konnte er nicht denken, doch hat er bereits den Entwurf gehabt, in dringenden Fällen zur allgemeinen Dienstpflicht heranzuziehen. In Ostpreußen dachte er in einem solchem Falle 20000 Mann aus den Kantons aufzubringen und sie mit den regulären Truppen zu vereinigen.

Schwere Besorgnisse erregte ihm allezeit die geographische Lage der Provinzen, die, voneinander getrennt, nur zu leicht in die Hände der Feinde geraten konnten. Er sah voraus, daß er das nicht würde verhindern können; jene Landesbewaffnung in Ostpreußen sollte nicht sowohl dazu dienen, das Land selbst zu verteidigen, als die Weichselübergänge zu besetzen und so die Verteidigung der Hauptprovinzen im Notfalle möglich zu machen. Zunächst erforderten die Marken die größte Sorgfalt, namentlich die von dem letzten Kriege besonders betroffenen neumärkischen Gebiete, von denen man berechnete, daß sie 57000 Menschen weniger zählten, als vor dem Kriege. Er ruhte nicht, bis er es etwa nach zwölf Jahren dahin gebracht hatte, daß dieser Mangel nicht allein ersetzt war, sondern noch 30000 Einwohner mehr gezählt wurden; denn vor allem davon hatte er sich in seinen Studien überzeugt, daß die Macht eines Staates auf der Menge der Bevölkerung beruhe. Es machte ihm Eindruck, daß das kleine Holland im sechzehnten Jahrhundert den Krieg gegen den damals mächtigsten König der Welt glücklich bestanden hatte. In der Menge der Einwohner sah er den Vorzug Englands vor Schweden, Deutschlands vor Polen. Daher schrieb sich sein Eifer für Urbarmachungen und Kolonisationen überhaupt, zu denen er schon früher den Anfang gemacht und die er mit wachsendem, vielleicht übertriebenem Eifer fortsetzte. Ein anderes Motiv der Macht erblickte er in dem Betriebe der Manufaktur, wozu er dann besonders die Wollarbeiten zu organisieren Bedacht nahm, die für Städte und Land gleich wichtig seien. Er hielt es für notwendig, jeder Einfuhr durch hohe Zölle entgegenzutreten. Er fühlte wohl selbst, daß seine Zölle das gewöhnliche Maß überschritten, und von dem Merkantilsystem war er nicht so durchdrungen, daß er für die Vorteile eines freien Handels schlechterdings kein Ohr gehabt hätte. Allein er glaubte mit gutem Gewissen dazu schreiten zu können, da es für die Erhaltung des Staates unbedingt notwendig sei. Dabei aber faßte er noch einen moralischen Gesichtspunkt ins Auge. Er sagt: der Landadel sei in der Regel arm und doch zur Verschwendung sehr geneigt, alle Luxusartikel müsse man daher aus dem Lande entfernt halten; der Adel würde sonst sich in seinen Hilfsquellen ruinieren und zugleich verweichlichen; in Preußen müsse man streben, die alten germanischen Tugenden aufrecht zu halten, zu dem Kriege sei Ehrgefühl, Ruhmbegierde, Vaterlandsliebe erforderlich; diese Tugenden aber werde man durch Verweichlichung untergraben, und doch beruhe sein ganzer Staat darauf; denn aus dem Adel, wie bereits bemerkt, nahm er seine Offiziere. Hat man es nicht vor kurzem in Frankreich selbst beklagenswert gefunden, daß die Pflanzschule von Offizieren, die in einem wenig begüterten Adel liege, daselbst nicht mehr vorhanden sei? Friedrich II. betrachtete es als eine seiner Hauptaufgaben, den Adel, dem er alle mögliche Rücksicht erwies, aufrecht zu halten. Aus diesem Grunde hielt er über die Prärogative desselben, die Rittergüter allein zu besitzen. Er war nicht ohne Empfänglichkeit dafür, daß der Zustand der Untertänigkeit der Bauern unter die Gutsherren aufgehoben werden sollte. Der Leibeigenschaft gedenkt er mit Abscheu, aber die Fronen abzuschaffen erschien ihm doch als ein so schädlicher Eingriff in den Besitzstand der Edelleute, daß er davon abstand. Nur einem Mißbrauche setzte er sich mit Nachdruck entgegen, nämlich dem Ankaufe bäuerlicher Grundstücke durch die Gutsherren, denn dadurch werde die Population vermindert, wie das in vielen andern Ländern geschehe. Dem aber zuvorzukommen, dazu wurde er auch durch das Prinzip seines Staates überhaupt bewogen; denn vor allem bedurfte er der Bauern in dem angegebenen Maße für die Armee, zugleich aber auch durch eine besondere kriegsmännische Betrachtung. In dem Zusammenstehen der Verwandten aus einem einzigen Kanton sah er ein Moment zur Kriegführung; denn einer fechte für den andern und dabei sei doch ein Wetteifer unter ihnen bemerkbar. Die drei Stände, Adel, Bauern und Bürger, standen als große Korporationen vor seinen Augen. Den Bürgern war Handel und Verkehr überlassen. Er wollte nicht, daß der dritte Stand sein Geld anders als zum Zwecke des Verkehrs verwende, durchaus nicht zu dem Ankaufe von Rittergütern, die in den Händen des Adels bleiben müßten, der dagegen auch am Handelsverkehr nicht teilnehme; es sei seine einzige Ressource. Man sieht wohl, er ließ noch etwas zu tun für das Jahr 1807.

Dem König Friedrich II. verbot das Gefühl von seiner Lage, über den Kreis, den er um sich gezogen, hinauszugehen. Die Einheit des

Ganzen aber sah er allein in seiner eigenen Person, in der Person des Fürsten. Er hat wohl einmal von einem Urvertrag[3] geredet, aber auf die populären Anwendungen dieser Doktrin ging er nicht ein; denn die Pflicht der Verteidigung sei dabei auf den Fürsten übergegangen; diese aber lag eben in seinem Prinzip der Staatsverwaltung, wie er es faßte. Es gebe keinen Unterschied, sagte er, zwischen dem Wohl des Fürsten und dem Wohl des Staates; der Untertan müsse allerdings mehr leisten, als gerade der Augenblick erheische, aber dafür habe der Fürst die Verpflichtung zur Sparsamkeit, namentlich zur Ansammlung eines Schatzes, um immer imstande zu sein, die Verteidigung zu führen, vor allem müsse er eine stattliche Kriegsmacht erhalten; denn unter dem Schutze der Krieger pflüge der Bauer sein Feld, entscheiden die Tribunale die Rechtsfragen, bleibe jede Tätigkeit in ihrem Gange und werde der Handel erhalten. Die Dienste des Volkes und des Fürsten schlägt er gleich hoch an, »eine Hand«, sagt er, »wäscht die andere«. Es entgeht ihm nicht, daß seine Anordnungen zuweilen hart erscheinen, man sage wohl, er setze dem Volke das Messer an die Kehle, aber man solle sich erinnern, daß er nie etwas anderes als dessen Wohlfahrt im Auge gehabt habe; er verlasse sich auf die Geradheit seiner Absichten, sein gutes Gewissen und die bessere Einsicht, die er sich erworben habe. Es würde verwerflich sein, wenn er etwa die Hälfte des Einkommens für den Staat fordern wolle. Jeder müsse imstande sein, sein Eigentum im großen und ganzen zu genießen, aber einen Teil desselben müsse er abgeben. Es genügt nicht, daß die Regierung reich sei, das Volk muß glücklich sein.

Von der Notwendigkeit der Monarchie ist Friedrich II. besonders für den preußischen Staat durchdrungen; in ihrer Handhabung sieht er selbst eine Pflicht. Der fleißigste, in seinem Berufe eifrigste, standhafteste Fürst habe einen Vorteil vor den andern, die sich im Nichtstun gefallen. Der Fürst muß an der Spitze aller Departements stehen; denn jeder Minister versieht nur sein eignes. Der Fürst muß der Zentralpunkt für alle sein. Vermag ein Fürst nicht selbst zu regieren, so muß er sich allerdings einen ersten Minister wählen. Friedrich II. geht die Reihe der ersten Minister durch, die er aus der Geschichte kennt. Er ist mit keinem ganz zufrieden, selbst nicht mit

---

[3] Siehe die Anm. auf S. 91.

Richelieu, den er sonst am höchsten stellt, noch auch mit Mazarin. Den Glanz der früheren Epoche Ludwigs XIV. leitet er daher ab, daß er selbst sein erster Minister gewesen sei. Sein eignes Verhalten identifiziert Friedrich so ganz mit der Natur des Staates, den er regiert, daß er eine andre Art und Weise, denselben zu regieren, als die seine, verwirft. Er erkennt an, daß seine Regierung eine militärische sei, aber eben dies ist sein Prinzip. Wenn der Krieg allerdings mißbraucht werden könne, so gebe es doch auch einen guten Gebrauch desselben; zuweilen sei er unentbehrlich. Er verzeichnet die Fälle, in welchen der Krieg nicht vermieden werden dürfe; notwendig sei er vor allem zur Erhaltung des Ansehens und der Sicherheit des Staates, Unterstützung der Freunde und zum Widerstande gegen die, welche neue Unternehmungen, die dem Staate schädlich sein können, im Schilde führen. In diesem Falle hat er sich eben selbst bei dem Ausbruche des letzten Krieges befunden. Auf die strategische Führung und die Einsicht des Feldherrn legt er dabei den größten Wert. Gar nicht auszulernen, sagt er, sei die Kunst des Krieges; jede Kampagne habe ihm neue Erfahrungen geboten und neue Grundsätze an die Hand gegeben; er zweifle nicht, daß es noch viele Erfahrungen gebe, die er nicht gemacht habe, und die eine Erweiterung der Kunst nötig machen. Die Regeln, wie sie jetzt gefaßt werden müssen, habe er in den Anordnungen an seine Generale bekanntgemacht. Dabei aber sei doch das größte Unglück für das Bestehen des Staates zu erwarten, wenn der Fürst nicht mehr an der Spitze seiner Truppen stehen könne. Gegen alle diese Sätze kann man zum Teil aus der Theorie, die sich an der Hand der Tatsachen immer weiter entwickelt, zum Teil aus den späteren Ereignissen mancherlei Einwendungen machen. Sie enthalten Abstraktionen von dem damaligen Zustande, der damaligen Praxis. Aber von diesem Standpunkte aus angesehen hat alles einen großartigen Zusammenhang und eine innere Notwendigkeit, die eben aus dem Moment der Zeit hervorgeht.

Auffallend ist es, daß man anderweit dem König Friedrich die weitaussehendsten Absichten auf neue Erwerbungen zuschrieb, während doch die Schriftstücke, die er für seinen Nachfolger niederschrieb, obwohl sie einige flüchtige Andeutungen dieser Art enthalten, doch im großen und ganzen nur auf die Erhaltung und Entwicklung des bestehenden Zustandes gerichtet sind. Man hat damals in Wien Anstoß daran genommen, daß der König sich Frankreich nähere. Er hat in der Tat einen Handelsvertrag mit Frankreich abgeschlossen, allein seine eigne wahrheitsgetreue Versicherung ist, daß dieser einzig für Handelszwecke bestimmt war, namentlich Absatz für Manufakturwaren und Herbeiziehung baren Geldes; weiter erstreckte sich seine Absicht dabei nicht. War aber, so dürfte man fragen, nicht seine Allianz mit Rußland auf einen solchen Zweck berechnet? Man kann mit völliger Gewißheit sagen, daß sie es nicht war. Der König setzt genau auseinander, was ihn zu derselben bewogen habe. Es war ganz allein die aus den Erfahrungen des letzten Krieges hervorgegangene Notwendigkeit, unter den großen Potenzen von Europa einen Verbündeten zu haben, von dem man keinen Bruch des Friedens zu erwarten brauchte. Rußland, welches sich zuerst von allen von dem großen antipreußischen Bündnis zurückgezogen hatte, erschien allein geeignet dazu: denn das Verfahren, das die englische Regierung unter Georg III. gegen ihn beobachtete, erfüllte ihn mit Indignation und an Abscheu grenzendem Widerwillen. Auch gegen das Bündnis mit Rußland ließ sich manches einwenden, namentlich war die Verpflichtung zur Bezahlung von Subsidien im Falle eines Krieges sehr anstößig. Darüber war aber nicht hinwegzukommen. Daß der König mit der Politik Rußlands in bezug auf Polen einverstanden gewesen sei, darf man nicht glauben. Er mißbilligte die Mittel und Wege, die zur Wahl Poniatowskis (es ist König Stanislaus)[4] führten, sowie die Veränderungen in der Form der Regierung, welche Kaiserin Katharina vornahm. Die Prätentionen in bezug auf die Dissidenten, welche sich erhoben, waren ihm unangenehm, aber auch dem mußte er sich fügen, um den Hauptzweck zu erreichen. Wie so ganz verkannte der österreichische Staatskanzler, Fürst Kaunitz, die Lage des Königs, wenn er einmal den Gedanken faßte, Schlesien durch eine große Kombination, zu welcher die Türken mitwirken sollten, dem König wieder zu entwinden; man wollte ihn durch größere Gebiete in Polen schadlos halten; die Pforte sollte Österreich unterstützen, um Schlesien wieder einnehmen zu können, selbst mit Einwilligung des Königs. Mit Recht machte Kaiser Joseph darauf aufmerksam, daß dazu eine Auflösung des Bündnisses zwischen Rußland und

---

4 Nach dem Tode Augusts III. wird Stanislaus Poniatowski auf Betreiben Katharinas II. König von Polen (1764–1795).

Preußen gehören würde, woran der König nicht denken werde. Ganz ohne alle weitere Absicht war aber das Bündnis Friedrichs mit Rußland nicht. In den von ihm hinterlassenen Aufzeichnungen, welche unsern Mitteilungen an dieser Stelle zugrundeliegen, werden mancherlei Absichten kundgegeben, deren Durchführung für das Wohl des Staates wünschenswert sei. Die meisten jedoch sind sehr eventueller Natur; die Voraussehung ist dabei allemal, daß große allgemeine Veränderungen eintreten. Eine Absicht tritt dabei aber hervor, welche sehr ernstlich gemeint war und mit der er sich fortwährend trug; sie bezog sich auf den Heimfall der alten Besitzungen des brandenburgischen Hauses, Ansbach und Bayreuth, welcher nahe bevorzustehen schien und welcher eine Umwandlung in den deutschen Angelegenheiten in sich schloß. Der König wünschte im Jahre 1768 sein Bündnis mit Rußland noch auf zehn weitere Jahre verlängert zu sehen, um diesen Heimfall, welchem sich Österreich entgegensetzen würde, wirklich realisieren zu können.

Ostpolitik, Erwerbung Westpreußens

Da trat nun aber eine Verwicklung der großen Angelegenheiten ein, welche seiner Politik eine Richtung auf neue Erwerbungen gab. Die große Frage, welche das östliche Europa schon bisher beschäftigt hatte und noch mehr beschäftigen sollte, über das Verhältnis von Rußland und der Türkei, erhob sich plötzlich in ihrer ganzen, den Orient umfassenden, auf den Okzident zurückwirkenden Tragweite. Solange die Osmanen mächtig und gefährlich waren, standen Rußland und Österreich gegen sie zusammen; seitdem aber die Pforte aufhörte, furchtbar zu sein, zeigte sich über die Bestimmung der türkischen Grenzgebiete ein schneidendes Mißverständnis zwischen den beiden Mächten. Um keinen Preis wollte der Hof zu Wien die Moldau und Wallachei, auf welche die Russen ihr Augenmerk richteten, in die Hände derselben geraten lassen.

Was hat diese Tendenz der Russen im Laufe der Zeiten nicht alles veranlaßt! Der große Krieg Napoleons gegen Rußland, die letzten Entscheidungen des Krimkrieges sind durch dieselbe herbeigeführt worden und ohne unmittelbare Beteiligung mußte Preußen von derselben allezeit nahe berührt werden. Meistenteils hat die Frage auch auf die polnischen Angelegenheiten eine sehr nahe Beziehung gehabt. Dann als lag sie darin, daß Stanislaus, der durch Rußland auf den Thron gekommen, von einer mächtigen Konföderation bekämpft wurde, die ihrerseits ihren Rückhalt an der Türkei hatte. Die Frage knüpfte mit andern zusammen, welche Europa beschäftigten, namentlich den Irrungen zwischen Frankreich und England, die wieder einen allgemeinen Krieg hervorzurufen drohten; Frankreich aber war mit Österreich verbündet und neigte zu den Türken; England näherte sich den Russen. Ursprünglich war es der Wunsch Friedrichs, sich aller Teilnahme an diesen weit aussehenden Irrungen zu enthalten; denn »wir sind Deutsche«, sagt er einmal einem österreichischen Bevollmächtigten; »was geht es uns an, wenn Engländer und Franzosen sich um Kanada schlagen oder Russen und Polen zugleich mit den Türken sich herumbalgen?« Auch Österreich wünschte damals eine Annäherung an Preußen, schon darum, weil es von den französischen Ministern besser behandelt wurde, sobald es mit Preußen gut stand; es wäre geneigt gewesen, ein System der Neutralität in Deutschland aufzurichten, wie Friedrich II.

selbst. Der junge Kaiser Joseph, zugleich durch persönliche Bewunderung und Neugierde angetrieben, besuchte den König im Jahre 1769 in Neiße, der König den Kaiser im Jahre 1770 in Mährisch-Neustadt. Bei der Zusammenkunft in Neustadt, bei welcher auch Kaunitz erschien, kam es zwischen dem Staatskanzler, welcher die österreichische Politik repräsentierte, und dem König von Preußen zu gegenseitigen Erklärungen, welche beide Teile befriedigten. Man kam überein, eine Mediation[5] zwischen Russen und Türken zu versuchen. Die beiden Mächte hatten aber doch ganz verschiedene Stellungen zu dieser Frage. Auch Friedrich II. sah den Anwachs der russischen Macht sehr ungern; Österreich aber wurde von den orientalischen Ereignissen geradezu bedroht. Jeder Fortschritt der Russen erschien in Wien als eine Niederlage und Gefährdung, und wenn man den Forderungen nachfragte, welche Rußland stellte, so waren diese so beschaffen, daß das türkische Reich dabei schwerlich hätte bestehen können. Österreich aber erklärte, es wolle keine andern Nachbarn als die Türken und werde mit Waffengewalt einschreiten, um den gegenwärtigen Zustand aufrechtzuerhalten. Die damalige Annäherung von England an Rußland erschien insofern höchst gefährlich, als dadurch die Russen zur Herrschaft über das Schwarze Meer gelangt und die verbündete Seemacht von England und Rußland alle Küsten des Kontinents umspannt haben würde.

Die Bedingungen, welche Katharina II. dem König für ihren Frieden mit den Türken zugehen ließ, bewogen diesen, das Mediationsgeschäft vollkommen aufzugeben; er glaubte nichts weiter, als den unmittelbaren Ausbruch des Kampfes zwischen Rußland und Österreich voraussehen zu können. Ihn selbst berührte das nur insofern, als die Entzweiung zwischen den Russen und Österreichern auch auf Polen zurückwirkte. Stanislaus, den er aufrechtzuhalten verpflichtet war, wurde von Frankreich und den Konföderierten bedroht; Österreich war mehr auf der Seite der Konföderierten. Und schon hatte Österreich einen Teil des polnischen Gebietes, den es als einen alten Bestandteil von Ungarn betrachtete, in Besitz genommen: auch auf der russischen Seite aber hatte man sich überzeugt, daß der Zustand in Polen nicht haltbar sei, und daß die zugunsten der Dissidenten übernommenen Verpflichtungen von Stanislaus

---

[5] Vermittlung.

nicht würden erfüllt werden können. Schon im März 1770 war der Gedanke von russischer Seite geäußert worden, daß wie Österreich so auch jede der beiden andern Mächte einen ihr zunächst gelegenen Teil von Polen in Besitz nehmen solle. In dieser Absicht mag man den ersten Anfang einer Teilung von Polen sehen; der Grund wäre dann die Überzeugung gewesen, daß die von der Kaiserin von Rußland getroffenen Einrichtungen sich nicht würden behaupten lassen, wenn Polen im bisherigen Zustand bliebe. Friedrich II. war jedoch nicht darauf eingegangen. Schon hatte man auch von österreichischer Seite den Entwurf gemacht, den König durch das Anerbieten einer Akquisition auf Kosten von Polen für sich zu gewinnen; man dachte daran, ihm Kurland und Semgallen anzubieten, doch ist dies Anerbieten ihm eigentlich nicht gemacht worden; denn man sah voraus, daß er nicht darauf eingehen werde. Ohne sein Zutun kam er in eine Lage, in welcher er zwischen Rußland und Österreich zu entscheiden hatte; denn weder die eine noch die andre dieser Mächte hätte sich der Feindseligkeit von Preußen aussetzen dürfen. Und wenn Österreich Preußen nicht für sich hatte, so durfte es nicht wagen, den Türken mit Gewalt der Waffen zu Hilfe kommen. Überdies aber, was konnte die Türkei den Österreichern bieten? Sie hatten gewünscht, Belgrad und Widdin, d. h. Serbien zu erwerben. Bei der ersten Erwähnung eines solchen Vorhabens aber flehte der türkische Bevollmächtigte den Kaiser Joseph an, diese Saite nicht zu berühren; es könnte dem Großherrn den Kopf kosten, wenn er darauf einginge. Die Türken haben vielmehr auch ihrerseits damals den Wiener Hof auf eine Entschädigung in Polen verwiesen; sie haben eigentlich eine Teilung des polnischen Reiches in Vorschlag gebracht zunächst zwischen Österreich und der Pforte. Unmöglich aber war eine solche Verbindung. Österreich hätte zugleich Rußland und Preußen gegen sich gehabt, und nur wenig hatte die Hilfe der Türken in ihrem damaligen Zustand zu bedeuten. In dieser Verwicklung der Dinge nun ist es gewesen, daß Friedrich II. den Plan einer partiellen Teilung von Polen wirklich gefaßt hat. Er wollte sich weder mit Rußland noch mit Österreich entzweien und brachte in Erfahrung, daß Rußland diejenige seiner Bedingungen für die Herstellung des Friedens, die für Österreich die unangenehmste war, die Besitznahme der Moldau und Walachei, fallenlassen werde. Ihm schien es, als ob der Friede sich werde herstellen lassen, wenn nur sonst die drei Mächte zu einem Verständnis in der polnischen Angelegenheit gelangten. Unleugbar ist nun, daß die Besitznahme der Zips und einiger angrenzenden Starosteien durch die Österreicher, welche bereits eine Administration der inkorporierten Provinzen einsetzten, den nächsten Anlaß gab, die Idee einer Teilung ernstlich zu ergreifen. Katharina ließ vernehmen, was Österreich sich erlaube, müsse auch andern gestattet sein, und wer habe nicht ähnliche Prätensionen wie Osterreich? Friedrich II. schlug den Zuwachs an Gebiet, den Österreich durch jene Reunionen erlange, sehr hoch an und sah darin eine Alterierung des gegenseitigen Machtverhältnisses der beiden Monarchien; er nahm der Verstärkung von Österreich gegenüber auch eine Verstärkung von Preußen in Anspruch. Nicht Ausgleichung des Territorialbesitzes aber, sondern eine wesentliche Erweiterung seiner Macht faßte er dabei ins Auge. Der Augenblick schien ihm gekommen zu sein, um eine Erwerbung durchzuführen, welche ihm durch die unhaltbare geographische Position, in der er sich befand, höchst wünschenswert gemacht wurde. Er nahm die Idee auf, die schon im 14. Jahrhundert von den Gebietigern des Deutschen Ordens gefaßt worden war: das Ordensland, d. i. Ostpreußen, mit Schlesien durch die Erwerbung polnischer Landesstriche in unmittelbare Verbindung zu setzen, ein Vorhaben, dessen Ausführung in jener Epoche für das Vordringen des deutschen Elements gegen das reine Polentum von großer Wichtigkeit gewesen wäre. Es war damals vollkommen mißlungen; durch die Verbindung mit Litauen waren vielmehr die Polen Meister über den deutschen Orden geworden und hatten das deutsche Element zurückgedrängt. Ohne an jene alten Entwürfe anzuknüpfen, welche überhaupt in Vergessenheit begraben waren, sah Friedrich II. als Souverän von Preußen und nun auch von Schlesien in der Verbindung von beiden durch die Erwerbungen polnischer Landstriche eine Art von geographischer Notwendigkeit.

Schon als Kronprinz hatte er vom brandenburg-preußischen Standpunkte aus die Erwerbung von Westpreußen, welches schon früher allenthalben unter deutschem Einfluß gestanden, für höchst wünschenswert erklärt; es war einer von den Gedanken, die dem Prinzen Eugen, der davon Kunde bekam, als ein bedeutungsvolles Zeichen des aufstrebenden Geistes des jungen Fürsten erschien. Aber an diesen Plan hatte Friedrich II. seitdem doch nicht ernstlich gedacht. Er machte sich keine Hoffnung, denselben durchzuführen; er scheute sich, einen allgemeinen Sturm heraufzubeschwören. In dem politischen Testament von 1768 bezeichnet er diese Absicht als einen Gesichtspunkt für seine Nachfolger. Nun aber traten ganz im Gegenteil europäische Verwicklungen ein, die ihn einluden, seine Hand nach diesem Besitz auszustrecken.

Sehr präzis waren die Äußerungen der Kaiserin Katharina bei dem erwähnten Anlaß; warum wolle, sagte sie zu dem Prinzen Heinrich von Preußen, der ihr eben in Petersburg einen Besuch machte, der König von Preußen nicht auch seinerseits etwa sich das Gebiet von Ermeland aneignen? Bei dieser Eröffnung erwachte in dem Könige sein alter geographisch-politischer Gedanke; Ermeland, das die Kaiserin ihm anbot, war ihm zu unbedeutend, um sich darüber mit der öffentlichen Meinung zu entzweien, aber eine große Provinz einzunehmen, durch welche Ostpreußen mit Brandenburg und Schlesien in Verbindung gesetzt wurde, darauf ging er ein.

Von dynastischen Ansprüchen war hiebei nicht die Rede, und nicht sehr weit reichte das angeregte Argument. Der Akt war ein lediglich politischer; die Rechtfertigung desselben hat Friedrich nur immer darin gesucht, daß es das einzige Mittel gewesen sei, einen Krieg zwischen Rußland und Österreich, an dem er sich hätte beteiligen müssen, und der ein allgemeiner hätte werden können, zumal da zwischen Frankreich und England ein neues Zerwürfnis auszubrechen drohte, zu vermeiden. Für sich selbst nahm er jene Gebiete in Anspruch, welche der Deutsche Orden und das Deutsche Reich an die Polen verloren hatten; ein Ereignis, dessen Fortgang entgegengetreten zu sein das vornehmste Verdienst der alten Kurfürsten aus dem Stamme der Burggrafen ausmachte. König Friedrich war jetzt imstande, einer entgegengesetzten Strömung Bahn zu machen; er wollte zugleich Grenzen gewinnen, die er möglicherweise auch gegen Rußland in Verteidigungsstand setzen könne, und der Gefahr vorbeugen, von einem polnischen Reiche in seiner jetzigen großen Ausdehnung, das doch künftig einmal an einen tatkräftigen König gelangen konnte, überwältigt zu werden.

Ein polnisches Reich von mäßigem Umfange hätte er geduldet. Wenn ihm aber die beiden großen Mächte das Gebiet überwiesen, welches er als unentbehrlich zu einer Konsolidation seines Landes betrachtete, so hatte er nichts dagegen, daß sich Rußland ein fünf-fach, Österreich ein dreifach größeres Territorium ausbedang. Ihm kam alles darauf an, seinen Staat geographisch zu befestigen und in sich selbst zu konsolidieren. Er wußte wohl, daß ihm auch das schwere Ungelegenheit und Mühe zuziehen werde, aber er hatte den Grundsatz: daß der Mensch zur Arbeit geboren sei und es keine bessere geben könne, als eine solche, die zum Nutzen des Vaterlan-des gereiche.

Für den preußischen Staat war die Erwerbung von Westpreußen, die im September 1772 eine vollendete Tatsache wurde, eine Bedin-gung seines künftigen politischen Bestehens.

Friedrichs Stellung im Reich

Noch eine andre Bedingung aber gab es, die in Beziehungen zum Deutschen Reiche lag und die nun nochmals in den Vordergrund trat.

Infolge der schlesischen Kriege war Friedrich von allem Einfluß auf Deutschland, der seiner Macht entsprochen hätte, ausgeschlossen. Österreich besaß das volle Übergewicht im Reiche; es beherrschte die Reichsinstitution; es hatte die geistlichen Fürsten auf seiner Seite, und zugleich stützte es sich auf seine Allianz mit Frankreich, welches in Deutschland immer einen großen Einfluß auszuüben fortfuhr. An und für sich eine unangenehme Lage für den König, der ein Mitglied des von Österreich abhängigen Reichskörpers war; er hatte sich aber in dieselbe gefunden, nur durfte Österreich nicht noch mächtiger im Reiche werden. Aber eben dahin schienen dessen Absichten zu gehen; wie es sich denn damals durch einen einseitigen Vertrag mit den Türken ohne Rücksprache mit Rußland und Preußen der Bukowina bemächtigte, so regte sich die Besorgnis, daß es auch im Deutschen Reiche durch einseitige Verträge oder Austauschungen um sich greifen werde. Friedrich war entschlossen, das nicht zu dulden. Als bei dem Abgang der wilhelminischen Linie des Hauses Wittelsbach die Österreicher auf Grund von alten Verträgen, deren Rechtsbeständigkeit doch sehr bezweifelt war, Niederbayern in Besitz nahmen, rückte der König ohne Bedenken ins Feld, um sein Schwert für die Integrität von Bayern und der bisherigen Machtverhältnisse im Deutschen Reich zu ziehen, nicht einmal mit dem nächsten Erben dieses Landes, der es sich vielmehr gefallen ließ, einverstanden, wohl aber mit dessen präsumtivem Nachfolger, in welchem sich die dynastischen Rechte des Hauses konzentrierten.

Der Wiener Hof hatte das doch nicht erwartet.

Das Unternehmen Friedrichs hätte leicht einen allgemeinen Krieg herbeiführen können, wenn Frankreich auf die Seite von Österreich getreten wäre, aber die Politik Ludwigs XVI. unterschied sich auch darin von der früherer oder späterer französischer Regierungen, daß er sich einer tätigen Einmischung in deutsche Angelegenheiten enthielt. Noch wirkten die Erinnerungen an Roßbach und der große Name des tapferen Königs, der als Held des Jahrhunderts erschien.

Den Krieg aber mit Preußen allein auszufechten, war wenigstens Maria Theresia nicht gesonnen. Sie ließ dem Könige noch beizeiten friedliche Eröffnungen machen; hierauf kam es zu Unterhandlungen, nicht ohne die Einwirkung von Rußland, welches auf der Seite von Preußen stand, und zum Abschluß des Friedens von Teschen, in dessen Folge die österreichischen Truppen die eingenommenen bayrischen Bezirke wieder verließen und Bayern seine Stellung in Deutschland behauptete (13. Mai 1779). Für sich selbst hatte der König den Vorteil, daß seine an sich unzweifelhaften Anrechte auf die fränkischen Markgrafschaften anerkannt wurden; Maria Theresia versprach, einer dereinstigen Vereinigung dieser Fürstentümer mit den brandenburgischen Hauptlanden nicht entgegentreten zu wollen. Aber bei weitem größer war der Vorteil in bezug auf die allgemeinen deutschen Angelegenheiten, der dem König aus dem bayrischen Erbfolgekrieg erwuchs. Seine Autorität nahm unbeschreiblich zu. Die deutschen Fürsten hatten ihn bisher gefürchtet, sie fanden jetzt ihre Stütze an ihm. Gerade durch diese Haltung sind die bedeutendsten Staatsmänner der späteren Zeit, Stein und Hardenberg, bewogen worden, den preußischen Dienst zu suchen; denn Preußen trete für das gute Recht ein. Die unruhige Beweglichkeit des Kaisers Joseph, der nun seiner Mutter gefolgt war, aber die alte rücksichtsvolle und konservative Politik des Hauses Habsburg verleugnete, ließ es als eine moralische Notwendigkeit erscheinen, einen Rückhalt gegen ihn zu haben.

Das große Ereignis der Epoche, die Emanzipation der amerikanischen Kolonien[6] blieb nicht ohne Einfluß auf dies Verhältnis. Friedrich nahm für die Amerikaner von ganzem Herzen Partei. Wenn der König von England, Kurfürst von Hannover, seine Stellung in Deutschland dazu brauchte, deutsche Kriegsvölker in englischen Sold zu nehmen, um in Amerika für das englische Parlament zu fechten, so sprach Friedrich den lebhaftesten Widerwillen gegen dieses Verfahren aus, was dem deutschen Nationalgefühl doch

---

6 Der nordamerikanische Freiheitskrieg (1775–1783). Im Jahre 1776 erfolgte die Unabhängigkeitserklärung der dreizehn Vereinigten Staaten, die 1783 im Frieden zu Versailles anerkannt wird.

einen unerwarteten Ausdruck gewahrte. Die Fürsten und die Nation faßten Vertrauen zu ihm. Und in kurzem sollte die kaum überwundene Gefahr in etwas anderer Gestalt sich wieder erneuern. Um sich freie Hand zu verschaffen, ohne Rücksicht auf die Opposition von Preußen, gegen welches Frankreich trotz der Allianz von 1756 nichts mehr tat, noch tun konnte, hielt es der Wiener Hof für geboten, ein Einverständnis mit Rußland zu suchen.

Dazu gehörte, daß man der Kaiserin Katharina und dem Günstling derselben, Potemkin, in ihren orientalischen Absichten nicht mehr widerstrebte. Man kehrte zu der alten Kombination, in welcher Rußland und Österreich gegen die Osmanen verbündet gewesen waren, zurück. Kaiser Joseph selbst unternahm schon im Jahre 1780 eine Reise an das Hoflager der Kaiserin Katharina, das er zu Mohilew antraf, um ein Verständnis mit ihr einzuleiten. Ursprünglich war zwischen ihnen nur von einer Garantie der beiderseitigen Besitzungen die Rede; aber wenn die Kaiserin fragte, ob dieselbe auch die Erwerbungen begreifen solle, die sie noch machen werde, so wies das der Kaiser nicht von der Hand, wofern nur auch Österreich Erwerbungen von gleichem Umfang machen könne. Gewiß war der Ehrgeiz des Kaisers auch nach dem Orient hin gerichtet, aber noch mehr lag ihm am Herzen, Rußland von Preußen zu trennen: denn nur deshalb, sagte er, sei Österreich den Unternehmungen Rußlands in der Türkei entgegen gewesen, weil dieses mit dem Feinde Österreichs, dem Könige von Preußen, in Verbindung gestanden habe.

Katharina dachte nicht, den König von Preußen fallen zu lassen. Bei den Vorschlägen über einen gemeinschaftlichen Krieg ging sie auf die Punkte nicht ein, welche für Preußen hätten gefährlich werden können; auch über die weiteren gegen die Türken selbst gerichteten Pläne hat man sich damals nicht eigentlich einverstanden; es waren Entwürfe des hochgespannten russischen und österreichischen Ehrgeizes. Allein eine andere Frage von unmittelbar praktischer Natur trat ein: Katharina II. nahm nicht allein die Unabhängigkeit der Tataren von der Pforte, sondern die Abhängigkeit derselben von Rußland, ohne welche sie niemals Frieden haben werde, in Anspruch; sie ergriff Besitz von der Krim.[7]

Ganz Europa merkte auf. Alles war dagegen, ausgenommen Kaiser Joseph, der nicht gerade ein Unglück darin sah, wenn die Türken schwächer wurden. Doch geschah das nicht ohne eine entsprechende Verpflichtung von seiten Rußlands; die Kaiserin erklärte, wenn sie die Krim, Kuban und Taman in Besitz nehme, so würde sie das dem Kaiser Joseph verdanken und dagegen dessen Interessen, die sie kenne (Brief Katharinas vom 8. Juni 1783), mit besten Kräften unterstützen. Diese Interessen aber lagen nicht im Orient. Joseph II. leistete auf die Besitznahme einer türkischen Provinz, den früheren Verabredungen gemäß, Verzicht, weil dadurch ganz Europa in Bewegung geraten werde; es waren die Interessen Österreichs in bezug auf Italien oder auf Deutschland.

Nun ist es aber hauptsächlich die Einwirkung des österreichischen Internuntius Herbert auf die Pforte gewesen, durch welche der Großherr vermocht wurde, selbst die bestehenden Verträge mit Rußland auf eine Weise zu modifizieren, daß die Besitznahme Katharinas II., ohne dieselbe ausdrücklich zu erwähnen, doch durch den Wortlaut gut geheißen wurde. Das Verdienst, das sich Österreich um Rußland erwarb, war unleugbar und höchst umfassend.

Was war es nun aber, was Österreich dagegen verlangte? Das große Vorhaben auf Bayern war zuletzt gescheitert, jedoch mitnichten aufgegeben; Kaunitz und der Kaiser erneuerten es in der Form eines Austausches der österreichischen Niederlande gegen das gesamte Bayern; sie hatten dabei den doppelten Zweck im Auge, sich der unangenehmen europäischen Verwicklungen, die aus dem Besitz der Niederlande entstanden, zu entledigen und ein benachbartes Reichsgebiet zu erwerben, durch welches die eigene Macht verstärkt und der Einfluß auf das innere Deutschland unendlich vergrößert worden wäre. Für diesen großen Plan nahm der Hof von Wien die Unterstützung der Kaiserin Katharina im Mai 1784 in aller Form in Anspruch; die Kaiserin billigte denselben, indem sie zugleich auf die ihr geleisteten Dienste Bezug nahm. Das also war die große Kombination. Indem Rußland die Oberhand über die Türkei

---

[7] 1783 annektierte Rußland das Krim- und Kubangebiet, 1784 mußte die Türkei sich damit einverstanden erklären.

erlangte, sollte für Österreich das Übergewicht im Deutschen Reiche auf immer begründet werden. Man hatte Grund zu hoffen, daß der Kurfürst von Bayern, Karl Theodor, dessen Trachten und Sinnen hauptsächlich nur auf äußeren Glanz gerichtet war, den Austausch billigen werde.

Es war ihm eben recht, Bayern wieder verlassen zu können; den größten Reiz hatte für ihn die Aussicht, als König von Burgund in Brüssel einzuziehen und eine europäische Rolle zu spielen.

Aber mit der Erwerbung von Bayern war Kaiser Joseph noch nicht befriedigt, er machte wegen des höheren Wertes der Niederlande Vorbehalte, durch welche es ihm möglich wurde, auch Salzburg und Berchtesgaden, gegen Entschädigungen in den Niederlanden, an sich zu bringen. Auch die Oberpfalz und Neuburg wollte er sich nicht entgehen lassen, und alles ließ sich dazu an, als würde er bei dem Kurfürsten den Einwendungen, die derselbe erhob, zum Trotz, seine Absicht doch durchführen. Noch immer gab es aber dann eine noch zu erledigende Vorfrage; sie betraf die Einwilligung des nächsten erbberechtigten Agnaten, des Herzogs von Zweibrücken.

Der Kurfürst wollte mit demselben nicht unterhandeln, und der Wiener Hof stand mit ihm auf gespanntem Fuße; der erste Dienst, den nun Katharina II. dem Kaiser Joseph in dieser Sache leistete, bestand darin, daß sie ihren Gesandten Romanzow mit Unterhandlungen mit dem Herzog von Zweibrücken beauftragte, der dann dem Herzog gegenüber die ganze Sache als abgemacht bezeichnete und denselben in gebieterischen Ausdrücken aufforderte, der Abkunft über den Austausch beizutreten.

Von alle dem war nun dem König Friedrich in seinem Sanssouci keine Ahnung beigekommen. Einen sehr unangenehmen Eindruck hatten ihm die gegenseitigen Annäherungen zwischen Rußland und Österreich gemacht; die Übergriffe, die sich Kaiser Joseph im Reiche erlaubte, erregten seinen Unmut und Widerwillen; er hatte davon gesprochen, daß man sich ihnen entgegensetzen müsse, aber die Verhandlungen der beiden Kaiserhöfe waren doch in ein geheimnisvolles Dunkel gehüllt geblieben, das er nicht zu durchdringen vermochte. Wohl kam ihm ein Gerücht von einem neuen Vorhaben zu, doch schenkte er demselben keinen Glauben. Es traf ihn wie ein

Blitzstrahl, als ihm der Herzog von Zweibrücken Mitteilung von den Anträgen machte, die ihm zugegangen waren, so daß an der Wahrheit der Tatsache kein Zweifel übrig blieb. Von einer heftigen Aufregung ergriffen, hat Friedrich wohl den Cäsar Joseph als einen von wilden Dämonen Besessenen bezeichnet. Nur allzu wohl aber schien derselbe sein Vorhaben kombiniert zu haben. Friedrich meinte, Joseph, der in seinen Irrungen mit Holland ein Truppenkorps dahinzuschicken im Begriff war, werde Bayern dabei in Besitz nehmen und ihn von Westen her bedrohen; von Osten her geschehe dasselbe durch Aufstellung der Russen in Livland; unter diesen Bedrohungen könne er nicht abermals nach Böhmen vordringen. Der französische Gesandte ließ bemerken, daß sein Hof sich dem Kaiser zuneige. Und welches Recht hatte Friedrich, dem Kaiser bei einem freiwilligen Austausch sich zu widersetzen? Nur in der Gefährdung der deutschen Reichsverfassung war ein solches zu finden, zumal da der Friede von Teschen die Hausverträge von Bayern ausdrücklich garantierte, die auch dann nicht gebrochen werden konnten, wenn der jeweilige Inhaber derselben dazu seine Einwilligung gebe.

Sein Entschluß war gefaßt, das Reich in seiner Gesamtheit zum Widerspruch gegen die Unternehmungen des Kaisers aufzurufen: schon in früherer Zeit hatte er daran gedacht, den Übergriffen von Österreich durch eine Assoziation der Reichsfürsten entgegenzutreten und auch in den letzten Jahren von einem Bunde gesprochen, wie der Schmalkaldische gewesen war; diesen Gedanken ergriff er jetzt als den einzigen, der das Reich retten und ihn in seiner Stellung befestigen könne. Wenn nun aber am Tage lag, daß das ein Bündnis der Reichsstände sein müsse, so zeigte sich eine große Schwierigkeit darin, daß Friedrich mit Georg III., König von England, in mannigfaltigem Hader begriffen war, dieser aber als Kurfürst von Hannover schon an und für sich, sowie durch seine Verbindung mit Hessen und Mecklenburg und durch seine Stellung überhaupt das größte Ansehen besaß. Ohne ihn wäre nichts auszurichten gewesen. Die Übergriffe von Österreich hatten in der eigenen Familie des Königs Georg, sowie allenthalben in Deutschland Widerwillen erweckt, doch würde dies noch nicht zum Ziele geführt haben, wäre nicht ein englisches Interesse soeben durch Joseph verletzt gewesen.

In seinen Irrungen mit Holland hatte der Kaiser die alten europäischen Verträge, durch welche den Holländern einige feste Plätze in den österreichischen Niederlanden als Barriere gegen Frankreich zugestanden waren, eigenmächtig gebrochen, indem er diese selbst in Besitz nahm; insofern hatten dieselben allerdings keinen Wert mehr, als sie dazu dienen sollten, die österreichischen Niederlande gegen Frankreich zu schützen, diese aber keines Schutzes weiter bedurften, da zwischen Österreich und Frankreich das intimste Verhältnis bestand und auf immer befestigt zu sein schien. Ebendies Verhältnis aber machte auf der andern Seite die Behauptung der Festungen nicht allein für Holland, sondern auch für England wünschenswert.

Die Engländer waren nicht gemeint, diese Eigenmächtigkeit ruhig hinzunehmen; und man erlebte, daß die Verbindung Hannovers mit England Deutschland doch wieder einmal zustatten kam; der König von England trat als Kurfürst von Hannover unter der doppelten Rücksicht auf sein Erbland und im allgemeinen Interesse den Intentionen Friedrichs bei. Es war ein hannoverischer Staatsmann, der die Akte des Bundes, mit welchem Friedrich II. umging, in den Formen, die denselben allgemein annehmbar machten, verfaßte.[8]

Sachsen gesellte sich ohne Schwierigkeit zu; die drei Kurfürsten vereinigten sich zum Schutze der Stände des Reiches, um sie bei ihrem Besitz, sowie bei ihren Hausverträgen zu schützen und jede Verletzung derselben zuerst in der Reichsversammlung zur Sprache zu bringen und, wenn dies nichts fruchte, weitere und kräftigere Mittel zu verabreden. Allenthalben im Reiche hatte man Furcht, unter das Joch von Österreich zu geraten. Die Erklärung der drei Kurfürsten erschien als eine Protektion für alle und zwar nicht allein für die weltlichen Fürsten, sondern auch für die geistlichen; auch der Kurfürst von Mainz, als Kurerzkanzler vor den übrigen angesehen, gesellte sich dem Bunde bei. Dem Reichsoberhaupte, welches von allen gefürchtet wurde, trat ein reichsständischer Bund

---

[8] Unter Führung Friedrichs wird 1785 der deutsche Fürstenbund zwischen Preußen, Hannover und Sachsen geschlossen, dem später weitere deutsche Staaten beitraten. Dem Vertrag lag der Entwurf des hannoverschen Ministers Beulwitz zugrunde. – Ranke hat diesem Zeitabschnitt ein besonderes Werk gewidmet, »Die deutschen Mächte und der Fürstenbund. Deutsche Geschichte von 1780–1790« (Sämtliche Werke, Bd. 31/32).

entgegen, als dessen Oberhaupt der König von Preußen erschien, der einzige unter ihnen, der eine selbständige Macht besaß. Ein Moment für die Geschichte der Nation liegt doch darin, daß dadurch die Entzweiungen der beiden Konfessionen, die bisher Deutschland gleichsam in zwei verschiedene Körper getrennt hatten, faktisch beseitigt wurden. Der nationalen Einheit wurde weitere Bahn gemacht, und die Herrschaft dieses Gedankens in künftigen Zeiten vorbereitet. Die Absicht des Austausches fiel in kurzem in sich selbst zusammen; der Löwe hatte nur seine Mähnen zu schütteln gebraucht, um die Anschläge der Gegner zu vernichten.

Überhaupt dienten die letzten Jahre Friedrichs nur dazu, der Welt den Frieden zu erhalten. Er stand in freundschaftlichem Vernehmen mit allen großen Potenzen; die Gefahr eines orientalischen Krieges kümmerte ihn nicht, da der Kaiser dadurch gehindert werden würde, sich in andere Angelegenheiten zu mischen. Am 15. August 1786 hat er noch seinen Geschäftsträger in Petersburg ermahnt, sich nicht zu viel um die kleinen Zerwürfnisse am dortigen Hofe zu bekümmern, denn auf dergleichen Dinge komme es bei den großen Angelegenheiten nicht an. Immer mit der Politik beschäftigt, aber doch erhaben über die momentanen Kundgebungen ist er am 17. August 1786 auf seinem Lehnstuhl verstorben; zwischen seiner Tätigkeit und seinem Tod trat nur das Intervall eines krankhaften Schlummers ein.

Ein Heldenleben, wie es im 18. Jahrhundert möglich war, von großen Gedanken durchzogen, voll von Waffenstreit, Anstrengungen und schicksalsvollem Wechsel der Ereignisse, unsterblich durch das, was es erreichte, die Erhebung des preußischen Staates zu einer Macht, unschätzbar durch das, was es begründete für die deutsche Nation und die Welt.

Über tredition

Eigenes Buch veröffentlichen

tredition wurde 2006 in Hamburg gegründet und hat seither mehrere tausend Buchtitel veröffentlicht. Autoren veröffentlichen in wenigen leichten Schritten gedruckte Bücher, e-Books und audio-Books. tredition hat das Ziel, die beste und fairste Veröffentlichungsmöglichkeit für Autoren zu bieten.

tredition wurde mit der Erkenntnis gegründet, dass nur etwa jedes 200. bei Verlagen eingereichte Manuskript veröffentlicht wird. Dabei hat jedes Buch seinen Markt, also seine Leser. tredition sorgt dafür, dass für jedes Buch die Leserschaft auch erreicht wird.

Im einzigartigen Literatur-Netzwerk von tredition bieten zahlreiche Literatur-Partner (das sind Lektoren, Übersetzer, Hörbuchsprecher und Illustratoren) ihre Dienstleistung an, um Manuskripte zu verbessern oder die Vielfalt zu erhöhen. Autoren vereinbaren direkt mit den Literatur-Partnern die Konditionen ihrer Zusammenarbeit und partizipieren gemeinsam am Erfolg des Buches.

Das gesamte Verlagsprogramm von tredition ist bei allen stationären Buchhandlungen und Online-Buchhändlern wie z. B. Amazon erhältlich. e-Books stehen bei den führenden Online-Portalen (z. B. iBookstore von Apple oder Kindle von Amazon) zum Verkauf.

Einfach leicht ein Buch veröffentlichen: **www.tredition.de**

Eigene Buchreihe oder eigenen Verlag gründen

Seit 2009 bietet tredition sein Verlagskonzept auch als sogenanntes "White-Label" an. Das bedeutet, dass andere Unternehmen, Institutionen und Personen risikofrei und unkompliziert selbst zum Herausgeber von Büchern und Buchreihen unter eigener Marke werden können. tredition übernimmt dabei das komplette Herstellungs- und Distributionsrisiko.

Zahlreiche Zeitschriften-, Zeitungs- und Buchverlage, Universitäten, Forschungseinrichtungen u.v.m. nutzen diese Dienstleistung von tredition, um unter eigener Marke ohne Risiko Bücher zu verlegen.

Alle Informationen im Internet: **www.tredition.de/fuer-verlage**

tredition wurde mit mehreren Innovationspreisen ausgezeichnet, u. a. mit dem Webfuture Award und dem Innovationspreis der Buch Digitale.

tredition ist Mitglied im Börsenverein des Deutschen Buchhandels.

Dieses Werk elektronisch lesen

Dieses Werk ist Teil der Gutenberg-DE Edition DVD. Diese enthält das komplette Archiv des Projekt Gutenberg-DE. Die DVD ist im Internet erhältlich auf **http://gutenbergshop.abc.de**

MIX

Papier | Fördert
gute Waldnutzung

FSC® C083411

Zeitfracht Medien GmbH
Ferdinand-Jühlke-Straße 7
99095 Erfurt, Deutschland
produktsicherheit@kolibri360.de